JN070635

後宮の雑用姫
1
〔著〕KK
〔画〕花邑まい
KOUKYU no ZATSUYOUKI
山育ちの知恵を駆使して宮廷をリフォームしたり、邪悪なものを
狩ったりしていたら、何故か皇帝達から一目置かれるようになりました

どこか動揺の混じった
爆雷の態度に、小恋は訝《いぶか》る。
そこで、彼が手に蒸籠《せいろ》を
持っていることに気付いた。
「あ、それ」
「あ？　ああ、小腹が空《す》いたから
もらってきたんだ」
「おいしそう」
「……食うか？」
「ちょうだい」
「本当に遠慮しねぇな、お前」
狼爆雷《ラン・バオレイ》
小恋《シャオリャン》

後宮の雑用姫
山育ちの知恵を駆使して宮廷をリフォームしたり、邪悪なものを狩ったりしていたら、何故か皇帝達から一目置かれるようになりました
KOUKYU no ZATSUYOUKI
1
〔著〕KK
〔画〕花邑まい

KOUKYU no ZATSUYOUKI

目次

〈プロローグ〉小恋《シャオリャン》 003

〈第一章〉新人宮女、妃を張り倒す 016

〈第二章〉狼爆雷《ラン・バオレイ》 034

〈第三章〉雑《ざつ》用《よう》姫《き》、掃除に訓練に大活躍 073

〈第四章〉陸《りく》兎《と》宮の楓《ふう》花《か》妃《き》 104

〈第五章〉《退魔機関》 149

〈第六章〉姉妹 191

〈第七章〉皇帝の来訪 230

〈エピローグ〉血 292

〈特別編〉雑《ざつ》用《よう》姫《き》の一日 308

プロローグ　小恋《シャオリャン》

――どうしてこうなったんだっけ？

「間も無く、第一妃、月光妃《げっこうき》様がお戻りになる。皆の者、丁重にお出迎えせよ」

烏《からす》の濡羽《ぬれば》のような黒髪に、団栗《どんぐり》眼の少女――小恋は、宮女や宦官達《かんがんたち》と一緒に並び、妃の出迎えをしている。

彼女は今、絹の服を着ている。

いつも着ていたゴワゴワの麻の服とは、肌触りも匂いも何もかもが違う高級品だ。

金色、赤色、様々な色の刺繍《ししゅう》が施された襦裙《じゅくん》の上に披帛《ひはく》を纏《まと》う格好。

こんなひらひらして胸元の開いた服、今まで着たこともなかった。

ここは宮廷。

華やかで煌《きら》びやかな装飾に満ちた、後宮の中。

「………」

今一度、考える。

どうしてこうなっちゃったんだっけ？――と。

◇◆◇◆◇◆

　――山の中で一人暮らしをしていた小恋は、ある日いきなり後宮の宮女として雇われることになった。

『お前が、シャオリャンという名の娘か？』

『……？　あ、はい、そうですけど』

　ある日、山の麓でキノコ狩りをしていると、馬に乗った高級そうな身形《みなり》の男性が数人やって来たのだ。

　その中で、一番偉そうな雰囲気の髭《ひげ》を伸ばした男性が、小恋を見るなりそう問いかけてきた。

『近くの村で聞いたのだ。村はずれの山の中で、一人暮らしをしている風変わりな娘がいる、と。人里にあまり寄り付かない変り者だが、器量はそれなりに良いとな』

『………』

　――なるほど、〝生贄《いけにえ》〟にされたのか……と、小恋は思った。

　この男達はおそらく、人買いの類だろう。

　かつて父から聞いたことがある――貧乏な村を回っては人を攫《さら》い、金持ちや妓楼《ぎろう》等に売る業者がいると。

　小恋は、子供の頃から両親と一緒にこの山の中で暮らしていたが、今は父も母もいなくなり独り身である。

村の人間が、村の娘を取られないために、自分を売ったのだ――と、小恋は嘆息した。

（……しかも、器量もそれなりに良いとか、尾ひれまで付けて……）

小恋の格好は、お世辞にも綺麗《きれい》やかわいいなどと呼ばれるようなものではない――と自分では思っている。

適当に伸びたボサボサの髪に、見栄えよりも機能性を重視した服装、更には野生動物犇《ひし》めく山の中で生き残るための装備の数々。

母がいた頃は、もっとマシな姿に整えてくれていたのだが……。

『ふむ……』

馬から下り、自身の顎を摩《さす》りながら値踏みするような視線を向けてくる髭の男を、小恋は睨《にら》む。

正直、自分は非力な小娘だ。

相手は大の男が四、五人……抵抗するだけ無駄かもしれないが……。

そう頭の中で考えていた小恋だったが、髭の男が次に口にした言葉は、予想外のものだった。

『喜べ、小恋。お前を、後宮に召し抱える』

『……へ？』

こうきゅう？

後宮って……皇帝の妃達が暮らしてるっていう、あの？

母さんが時々語っていた……そう、〝母さんが昔暮らしていたと話すことがあった〟あの？

『お前を皇都の宮廷――後宮の宮女にしてやろう！』

◇◆◇◆◇◆

この国は、夏《シア》と呼ばれる大国である。

かつて争い合っていた十二の国が、一つの国に統一されでき上がった、大陸全土に渡る広大な国だ。

十二の国は、今は十二の州となっている。

ちなみに、小恋が暮らしていたのは、その内の一つ、陸兎州《りくと》の片田舎である。

今この国を治めているのは、かつて十二の国を一つに纏め上げた王の血族——皇帝と呼ばれる人物だ。

そして、現皇帝が住まう夏国の中心こそ、大都会——皇都である。

『ほえ～……』

皇都に連れて来られた小恋は、初めて見る都会の風景に目を輝かせた。

騎兵や、真《ま》っ直《す》ぐ地の果てまで続いているんじゃないかと思わせるほど立ち並んだ商店。

道を行き交う人物も、老若男女多種多様だ。

『これが、都会……』

『ははは、野良娘には初めて見る光景か？』

自分をここまで連れてきた、髭の男が笑っている。

この男は人買いではなく、宮廷に仕える役人の一人らしい。

州を巡っては目ぼしい人材を選抜して回っている、言わば採用官なのだとか。

『ほれ、ぼうっとしている場合ではないぞ。とっとと宮城に向かわねば』

『……』

なんだか、あっさり決めてしまったけど、本当にこれで良かったのかな？

妓楼や金持ちに売り払われるわけではなく、皇帝のお膝元の後宮で働く。

そう言われた時、小恋の頭の中には病でこの世を去った母の顔が過《よぎ》ったのだ。

母も、かつては後宮にいた……と、幼い頃聞いた記憶がある。

（……母さんが、昔いた場所……）

両親はもういない。

今住んでいる場所に、そこまで未練もない。

何より、大都会――母の痕跡が残る場所に行けるという興味から、小恋は気付けば「ふんすふんす！」と元気良く採用官についてきてしまっていた。

しかし、今更悩んでいても時間は待ってはくれない。

そこからは、あれよあれよという間に宮城へ向かい、広い敷地の中を右へ左へと歩き回った後、後宮へと足を踏み入れ――。

『何、この娘は？　ぼろ切れみたいな服着て、髪も梳《と》かさずに』

そこで紹介された先輩宮女に呆《あき》れられながら、一気に身形を整えられ――。

あっという間に、宮女の出で立ちにされてしまっていた。

『うわ～、落ち着かない……』

日頃は、麻で作った簡素な服か、獣の毛皮なんかを着ていたので、ひらひらした絹の服に慣れていない小恋だった。

『ほら、準備が済んだらさっさと来な。あんたの働く場所に行くよ』

先輩宮女の後に続き、小恋は宮殿の中を歩いていく。

（……んん、なんだろう……）

しかし……と、小恋は思う。

一見絢爛豪華《けんらんごうか》に見える宮殿だが、その中を歩いていると、ところどころ老朽化してボロいところも目につく。

塗装のはげた柱、雨漏りしているであろう染みの残る天井、ギシギシと鳴る床……。

そういった部分に気付いてしまうと、どうしても彼女の中にある『直したい』という欲のようなものが刺激されてしまう。

彼女は両親がいなくなった後、ずっと一人、山奥で暮らしてきた。

自給自足――自分の暮らしは、自分で豊かにするしかない。

そのため、家や道具など、壊れたものを直したりするのも日常茶飯事だったのだ。

何より、手作りで色んなものを生み出す、そんな作業が好きだったし……。

『……おっと、違う違う』

今の自分は宮女なのだから、もっとお淑《しと》やかにしていないと。

『着いたよ。ここが、あんたがお仕えする月光妃様の宮さ』

そんな風に考えている内に、小恋は目的地に到着する。

既に、彼女以外にも多くの宮女や宦官が立ち並び、長い廊下に列を作っていた。

『今から月光妃様が参られる、まずはお出迎えからだよ。くれぐれも、失礼の無いようにね』

◇◆◇◆◇◆

——というわけで、回想から現在に戻る。

「……あれが、月光妃様」

宮女と宦官達が作る列の中を、従者を付き従え、一人の美女が歩いて来る。

なるほど、確かに美人だ。

その一着だけで屋敷の一つでも買えそうなほどの、高級な着物を纏っている。

美しい黒髪を飾る、貴金属の装飾品。

艶を感じさせる化粧。

整った顔立ちに、色気に満ちた切れ長の眼。

女性としての魅力に満ち満ちた、肢体。

彼女が、小恋が仕える皇帝の妃の一人……第一妃、月光妃。

後宮にはいくつかの宮があり、そこで妃達が宮女や宦官を率いていると聞いた。

第一妃……と呼ばれているのだから、彼女が妃達の中でも一番位の高い妃なのだろうか？

「………」

しかし、なんだろう。

確かに、他に類を見ない程の美人だ。

周囲の従者達も、宮女も宦官も問わず彼女の美貌に見惚《みと》れているように見える。

だが、小恋は何か……何か彼女の雰囲気に引っかかるものを感じていた。

「……うーん」

「あら？」

ちょうど、月光妃が目前を通り過ぎる——寸前だった。

唸《うな》るように声を漏らしたのが聞こえてしまったのか、彼女が小恋の前で足を止めた。

「あ……」

間近に立ち止まった絶世の美女が、小恋を長い睫毛《まつげ》の奥の目で見下ろしてくる。

小恋はすかさず、ぺこりと頭を下げた。

「この宮女は？　見ない顔ね」

「はい、新入りです。本日、陸兎州からやって参りました」

と、隣の先輩宮女が紹介する。

「はじめまして、小恋です。よろしくお願いします」

「ふぅん」

そこで、月光妃が手にしていた扇子の先を小恋の顎の下に当て、押し上げる。

至近距離で、彼女は小恋の顔をまじまじと眺め、更に全身を舐《な》めるように見回すと——。

「……ふふっ、馬子《まご》にも衣装ね」

「………」

——あ、今何か嫌なことを言われた気がする。

そう、小恋は直感で理解した。

「申し訳ございません。見た通り、陸兎州の山で育った野良娘で、採用官が面白がって連れてきたもので」

「そう。あわよくば、皇帝陛下のお手付きになれるかもと、夢でも見て来たのかしら」

口元に手を当てて、月光妃は優雅に笑う。

「まぁ、精々、戯れの相手程度にはなれるように、一生懸命己を磨くことね」

「………」

小恋は、黙って頭《こうべ》を垂れる。

随分と嫌みを言われてしまった。

しかし、周囲から聞こえてくるのは「お美しい」「気品がある」「天の上の方」という称賛の声ばかりだ。

ここの従者達は、皆彼女に洗脳されてしまっているのだろうか。

「月光妃様からお言葉をいただけるなんて、あんたは幸せね」

隣の先輩宮女が言う。

（……いやいや、何が幸せなもんなのか……ん？）

その時だった。

ちらりと、月光妃の背中に視線を向けた小恋。

その瞳に、月光妃の体から、ぞわり――と、黒い瘴気《しょうき》のようなものが滲《にじ》み出たのが映った。

「――」

あれは……。

直感が働いた。

長年の山育ち……自然の中で、様々なもの……それこそ、生き物とも、〝そうじゃないもの〟とも命を懸けて戦い、生き抜いてきた小恋の直感が、一瞬で感じ取ったのだ。

――〝あれ〟は、〝良くない〟ものだ。

「――……っ」

気付くと、小恋は動いていた。

月光妃の背中に向かって、一気に駆け出し。

そして、小恋の足音に気付き振り返った月光妃に向かって。

「なに――」

――横っ面に、小恋はビンタを叩《たた》き込んだ。

「へぶっ！」

その美貌を張り飛ばされて、月光妃は無様な悲鳴を上げながら床の上に転がった。

——後に、皇帝からも一目置かれることになる『雑用姫《ざつようき》』、小恋の武勇伝の幕開けである。

第一章　新人宮女、妃を張り倒す

「し……新入りの宮女が、第一妃様を張り倒したぞぉっ！」

小恋《シャオリャン》が月光妃《げっこうき》にビンタを食らわせた直後、廊下は混乱状態に陥った。

一瞬、何が起こったのか理解できなかった宮女や宦官達《かんがんたち》の間から悲鳴が上がり始め、皆がパニックになる。

「あなた、一体何者？」

その中で、小恋は動き続ける。

廊下に倒れ、呆然《ぼうぜん》として見上げてくる月光妃を見下ろし、問い掛ける。

「な、なに……」

「あなた、〝妖魔〟でしょ？」

小恋の質問に、月光妃は目に見えて動揺していた。

（……当たりだ）

小恋はすぐさま、更に追撃を加えるべく月光妃に飛び掛かろうとする。

「月光妃様！」

「お前、何をしてるの!?」

しかし、そんな月光妃の前に、彼女に付き従っていた侍女達が立ちはだかり邪魔をする。

更に――。

「こっちか！」

「第一妃を襲ったという宮女はどいつだ!?」

「暗殺者か!?」

そこに、武装した兵士達が駆け付けてきた。

彼等《ら》は、宮廷内の警備を担っている衛兵だ。

誰かが通報し、駆け付けたのだろう。

「あれです！　あの宮女が！」

「まだ月光妃様を襲おうとしています！」

何人かの宦官達が、必死に小恋を指さす。

「貴様！」

衛兵達が、脇に下げた曲刀を抜き、小恋へと飛び掛かる。

「………」

対し、小恋は恐ろしいほどに冷静だった。

彼女は、最初に斬りかかってきた衛兵の刃を最低限の身のこなしで回避すると、そのまま、その曲刀を奪い取った。

「な!?」

奪われた衛兵は、あまりにも自然な動きに困惑する。

そのまま小恋は、二人目、三人目と斬りかかってくる衛兵達の剣戟《けんげき》を次々に躱《かわ》していく。

（……遅い）

まるで舞うように刃の襲来をすり抜けていく小恋は、その中で思考する。

これが、皇帝の居城……宮廷に仕える兵士？

動きが遅すぎる。

幼い頃、チャンバラごっこの相手だった父の方が遥《はる》かに速かった。

瞬く間、小恋は襲い来る衛兵達を背中に、月光妃へと再び迫る。

「くっ！」

護身用の体術を会得しているのだろう――侍女の一人が小恋へ腕を伸ばしてくる。

小恋は素早い足払いで、その侍女を転がす。

「きゃんっ！」

「月光妃様！」

もう一人の侍女が、月光妃に抱き着き、壁となる。

即座、小恋は曲刀の柄《つか》――柄尻で彼女の脇腹を殴打した。

「うっ……」

痛みに意識が朦朧《もうろう》とした侍女が崩れ落ちる。

月光妃の体ががら空きになった。

「ま、待って！」

顔を青褪《あおざ》めさせ、叫ぶ月光妃。

しかし、小恋は止まらない。

「ふっ」

手にした曲刀を、月光妃の首筋に向かって躊躇《ちゅうちょ》無く振るう。

「ひっ」

【まずいっ！】

――声が、二つ重なって聞こえた。

瞬間、月光妃の体が空中に浮かびあがり、小恋の剣戟をギリギリで回避する。

その体から、黒い瘴気《しょうき》が滲み出し、まるで彼女を包む着物のように纏《まと》わり付いた。

「な、え？」

「月光妃様が、浮いて……」

いきなり起こった現象に、宮女や宦官達、侍女、衛兵達も状況を理解できず、ぽかんとしている。

そんな中、小恋だけが依然冷静沈着に月光妃の姿を見上げていた。

「……取《と》り憑《つ》かれてたんだ」

【貴様……何者だ……】

月光妃の体から浮かび上がった黒い瘴気の奥から、何かが姿を現す。

それは――狐《きつね》だった。

しかも、ただの狐ではない。

人間ほどの大きさの、尻尾が九本に分かれた魔獣だ。

「そっちこそ、何？　どうして、月光妃様に取り憑いてるの？」

【くっ……この小娘、《退魔士》か？　否、そこらの《退魔士》に妾《わらわ》の気配を察知できるはずが……クソっ、妾の謀《たばか》りが、こんな所で……！】

「な、何か方法はないのですか、妲己《だっき》様！」

九尾の狐はパニックを起こし、月光妃の方はそんな狐に縋《すが》りつくように上擦った声を上げている。

（……ん？　取り憑かれて操られてたと思ってたけど、月光妃様も協力者っぽい感じかな？）

【……致し方なし】

分析していた小恋の一方、妲己と呼ばれた九尾の狐が低い声で囁《ささや》く。

【こうなったら、この場にいる目撃者全員を殺して……】

「そ、そんなことをして、隠蔽はできるのですか!?」

【喧《やかま》しい！　それ以外に方法が――】

言い争う、月光妃と妖魔。

その隙を突くように、小恋は動いていた。

腕を振るう。

彼女の握っていた曲刀が床に突き刺さり、前後に大きく揺れる。

そして小恋は、俊敏な動作でその曲刀に走り寄り――。

柄の上に飛び乗る。

そのまま、曲刀の刃のしなりを生かして、バネ仕掛けのようにジャンプした。

【なっ⁉】

瞬く間に飛翔《ひしょう》してくる小恋に、妖魔も月光妃も悲鳴のような声を漏らす。

【な、なんだ、小娘、お前は一体！】

「ただの山暮らしの貧乏娘だよ」

肉薄すると同時に、小恋の右手が唸《うな》る。

相手が何かをする前に、彼女の平手が再び、月光妃の横っ面を張り飛ばしていた。

「ぐぇ――」

クリーンヒット。

悲鳴を上げて、浮いていた月光妃の体が真っ逆さま、床へと落下した。

床板の上に、文字通り墜落した月光妃は、そのまま白目を剝《む》いて気を失う。

【ぐ、うぐぐ……】

一方、月光妃と共に床に叩《たた》きつけられた九尾の狐は、まだ意識を保っていた。

【くッ……やむを得ぬ……】

ずるり――と、月光妃に纏わり付いていた瘴気が抜け、それが形を成し、一匹の大きな狐となる。

九本の大きな尾を揺らし、その顔には苦々しげな表情を浮かべているのがわかった。

【……この傾国の大妖魔、妲己に恥をかかせたこと、いずれ後悔させてやろうぞ……！】

そう吐き捨て、妖魔は四肢に力を籠《こ》める。

小恋はすぐさま、床に突き立てた曲刀を摑《つか》み、引っこ抜く。

そして妖魔に向けて投げつけようとしたが——既に、九尾の狐はその場からいなくなっていた。

「あ、逃げられた」

予想以上に逃げ足が速かった。

その場には気絶した月光妃だけが残され、周囲の人間達は何が起こったのか理解できず、呆然として状況を見守っている。

「こっちか！」

そこに、増援の衛兵達がやって来る。

鎧《よろい》やら矛やらで武装した兵士達が何人も。

仕方がない——彼等に事情を説明して、早急に妖魔の追跡を……と、小恋が思っていると。

「貴様か！　月光妃様を殴り倒したという悪党は！」

兵士達は小恋を取り囲み、矛の穂先を突きつけてきた。

「……ありゃー、そうなる？」

◇　◆　◇　◆　◇　◆

「こら！　大人しくしろ！」

「無駄な抵抗はするな！」

「いや、大人しくしてますし抵抗もしてませんけど……」

小恋は二人の衛兵に襟首を摑まれ、まるで首を摘《つま》まれた猫のようにどこかへと運ばれていく。

やって来たのは、宮廷の治安を管轄する部署——内侍府《ないじふ》。

何やら奥まった部屋の前まで来ると、衛兵は扉をノックする。

「内侍府長！　失礼いたします！　件《くだん》の宮女を連れてまいりました！」

衛兵はどこか緊張した声で言うと、扉を開ける。

部屋の中には、二人の男性がいた。

一方は職務用の椅子に腰かけ、もう一方はその傍《そば》に立っている。

「……ご苦労」

座っている方の男性が、そう低い声で言った。

黒い総髪を首の後ろで一つにまとめた、目つきの鋭い男性だ。

年齢は……かなり上だと思う。

多分、父が生きていたら同い年くらいだろう——と、小恋は思った。

その双眸《そうぼう》やオーラから、凄《すご》い威圧感を放っている。

衛兵達が緊張しているのも、この男性のせいだろう。

「よし。以降は我々が話をする。お前達は下がれ」

その横に立つ男性が言う。

座っている男性に比べたら、まだ若い。

鍛えられた体に、精悍《せいかん》な顔付きの武官である。

「しかし、衛兵長……わざわざ内侍府長と、お二人が対応するほどの者では……」

そこで、椅子に座っている方の男性――内侍府長が、その鋭利な視線を衛兵達に向ける。

二人の衛兵は、びくりと体を揺らし「し、失礼いたしました！」と叫んで部屋を出ていった。

（……内侍府長……ってことは、この人がここで一番偉い人……）

「……詳しい話は既に報告されている」

内侍府長が、小恋を見据えながら口火を切った。

「教えろ。お前は、《退魔士》なのか？」

◇◆◇◆◇◆

「私は内侍府長の水《スイ》」

「俺は衛兵長の、拳《クオン》だ。今から、お前が引き起こした今回の騒動に関して、幾つか質問をする」

内侍府――内侍府長の執務室。

衛兵達に連れて来られた小恋を前に、二人の男が口を開いた。

「教えろ。お前は《退魔士》なのか？」

内侍府長――水と名乗った、椅子に座った鋭い目付きの男性が、そう言った。

「……たいまし？」

小恋は、その単語を繰り返し、小首を傾《かし》げる。

聞き慣れない言葉だ。そういえば、先程、あの妲己も口走っていたような。

「えーっと……いいえ、かな？　そう名乗った覚えはないので……」

若干馬鹿にしているのでは？　と思われかねない返答をしてしまったが、それに対し水は表情を崩さない。

「……自覚は無いのか」

とだけ、呟《つぶや》いた。

「宮女、宦官達の眼前で不可思議な現象が起こり、その中でお前が月光妃様を妖魔と呼んだと報告を受けている。お前は、妖魔を認知できるということでいいのだな？」

「はい」

小恋は素直に答える。

妖魔のことは知っている。

父から知識を得たし、山で生活している中で何度も遭遇した。

野生動物と同じ感覚だ。

「ですが、正確には月光妃様自身が妖魔ではなく、月光妃様に取り憑いている形でした。狐の妖魔……自身を妲己と名乗っていました」

「妲己……」

水は顎に手を当て、思案する。

「内侍府長、妲己とは……」

そんな彼に、拳が問い掛ける。

「……古文書にも記されている、伝説の妖魔の名だな。それと同一のものなのかはわからないが……妲己は傾国の美女。美貌で時の権力者を騙《だま》し、国を堕落させる存在。女にかまけていては国を亡《ほろ》ぼすという、古人の残した教訓の喩《たと》えではあるが……」

しばらく、静かに黙考を続けていた水だったが、やがて――。

「月光妃様に取り憑いて、操っていたのか？」

そう、推測を口にした。

「いえ」

そこで、小恋が口を挟む。

正確な情報を伝えなくては。

「月光妃様は、妲己と協力者のように会話をしていました。おそらく、二名は共謀関係にあったのだと思います」

「……そうか」

水は、小恋の言葉を素直に受け取る。

「どのような経緯でそうなったのかは、現状では判断できないが、とすると月光妃様は妲己の力を用い、皇帝のお気に入りとなったのかもしれないな」

皇帝をも魅了する美貌と魅力。

もしも本当に妲己なのだとしたら、あの狐の魔力によるものとも考えられるだろう。

そして、とするなら、月光妃はそれを知っていて自身の得のために妲己に協力したことになる。

「……お前、名前は」

そこで、水が小恋に尋ねる。

このタイミングで名前を聞くかね――と、小恋は思った。

「小恋です」

「どこから来た。どういう理由で宮女になった」

「陸兎《りくと》州の片田舎にいたところを、採用官に見付かって、面白半分で採用されました」

端的に質問をする水に、小恋はテキパキと返答する。

「衛兵を相手に、武器を奪って大立ち回りをしたとも聞いているが」

衛兵長の拳が、続いて問い掛けてくる。

「武の心得は？」

「幼い頃から、父親とチャンバラごっこをしていたので」

「チャンバラ？」

小恋の発言に、拳は思わず苦笑する。

しかし。

「………」

水は、小恋の顔を見据え何やら思索に耽《ふけ》っている。

（……むむ……その鋭い目付きで真《ま》っ直《す》ぐ見られると、怖くはないけど居心地が悪くなるんだよなぁ……）

と、小恋の目が泳ぐ。

「……お前の、上の名前は」

やがて、水は口を開いた。

「いや……父親の姓と名は何という」

父の名前？

何故《なぜ》、と思いながら、小恋は答える。

「砦志軍《サイ・チージェン》」

「っ」

その名を聞いた瞬間、水の薄く研ぎ澄まされていた双眸が、若干見開かれたのがわかった。

動揺している？

何故だろう？

父を知っているのだろうか？

でも、お父さんって確かあちこちを旅して回っていた旅商人だったとしか自分を語ってなかったしなぁ。

訪れた場所で仕入れた色んな知識を、小恋によく教えてくれたのだ。

「……母親は？　両親は、故郷にいるのか？」

「二人とも既に亡くなっています。今は、私一人だけで暮らしていました」

「……そうか」

水は、一瞬だけ目を瞑《つぶ》る。

「下がれ」

そして、先刻までの鋭い両目に戻ると、小恋にそう言った。

「此度《こたび》の沙汰は、早急に下す。それまで、判断を待て」

「あ、はい」

意外と呆気《あっけ》なく、取り調べは終わってしまった。

小恋は退室する。

扉の外で控えていた衛兵達に事情を伝え、室内にぺこりと一礼。

そして、後宮へと戻ることとなった。

「……どうなるのかな？　私」

今後の運命に関し、一抹の不安を抱えながら。

◇◆◇◆◇◆

「あの宮女の処断、如何《いかが》いたしますか？　内侍府長」

小恋が去った後の、内侍府長の執務室。

拳が、扉が閉まったのを確認すると、窓の外に視線を流しながらそう問う。

宮廷の中――華やかな花々と、手入れの行き届いた景観が、この世のものとは思えない風景を作り出している。

「………」

「……内侍府長？」

自身の問い掛けに返事をしない水に、拳は首を傾げる。

「……ああ」

何やら考え込んでいる様子の水だったが、やがて何時《いつ》も通りの表情を浮かべ、顔を上げた。

そして、小恋の今後について話し始める。

「本人は自覚が無いようだが、《退魔士》としての素養があるようだ。偶然とはいえ、貴重な人材かもしれない」

「でたらめを言っている可能性もありますよ？　何より、素性が不明過ぎます」

「……ああ、その通りだ。当然、まだ全てを信用できるわけではない」

今は様子を見る。

水は言う。

「まずは、例の件を担当している爆雷《バオレイ》と一緒に行動させ、様子を見てみるか」

「爆雷……あの問題児とですか？」

「奴《やつ》の夜間警邏《けいら》に同行させれば、仕事ぶりがわかるかもしれない」

◇◆◇◆◇◆

――翌朝。

後宮内に、小恋の処断と月光妃の安否が伝達された。

月光妃は体調を崩し倒れたため、大事を取り塁犬州《るいけんしゅう》に帰郷し療養することになった――と伝えられた。

真実は、妖魔の力を借りて皇帝を誘惑……おそらく、国の乗っ取りでも目論《もくろ》んでいたのだが、大事にはできないと判断されたのだろう。

ごまかし、内々に処理する形にしたというわけだ。

と言っても、月光妃はもう放逐されたのと同じだろう。

二度とここに戻ってくることはない。

一方、小恋の方はというと――。

「……ふぅ」

現在、小恋は掃除用の道具を担いで後宮の廊下を歩いている。

今朝、彼女にも今後の沙汰が言い渡された。

本来ならば、皇帝の妃の一人……しかも、一番のお気に入りである第一妃に手を上げるなど、処刑されてもおかしくない暴挙だ。

しかし、前述の通り、事の真相は目撃者達を含めて口外を禁じられた。

後宮内には、新入りの宮女が何か月光妃に失礼を働いた……程度で出回っているようだ。

結果、小恋は宮女から下女へと格下げになったが、許された。

内侍府長の慈悲深い判断……と、伝えに来た使者は言っていたけど。

（……なんだか、血も涙も無さそうな冷酷っぽい人だったけど、本当に慈悲を掛けてくれたのかな？）

と、小恋が思っていると。

そこで、廊下の前方から宮女達がこちらに向かってやって来るのが見えた。

廊下の端に寄って、ぺこりと頭を下げる小恋。

「あら？　この子は……」

すると、小恋の姿を見た宮女達は、何かに気付いてクスクスと笑いだす。

「月光妃様に失礼を働いて、初日で格下げになった『雑用姫《ざつようき》』様だわ」

「バカね、せっかく宮女になれたのに。下女に落ちぶれたら、誰にも目を掛けてもらえなくなるじゃない」

「ゴミ捨て場の猫やネズミくらいなら相手になってくれるんじゃない？」

と、通りすがりにバカにされてしまった。

「………」

小恋は頭を上げ、進行方向を向く。

確かに、彼女達の言う通りだ。

下女とは、言ってしまえば後宮内の女の中でも一番格下の存在。

皇帝は当然のこと、宮廷に仕える男にさえも見向きもされないような下働きだ。

見下されても仕方がない。

……しかし、当の小恋は落ち込んでいるのかというと。

「はー、よかったー！」

周りに誰もいなくなったのを見計らい、小恋は晴れ晴れとした顔でそう叫んだ。

小恋は昨日一日で既に、自分は宮女には向いていないと考えていた。

人の顔色を窺《うかが》ったり、気を遣ったり、男の自尊心を持ち上げたり、楽しませたり……そういうのは、どうにも性に合わない。

（興味本位とは言え）一度後宮に入ってしまうと簡単には出られないとも聞いていたし……この降格は大助かりだ。

雑用係なら好きなことができるし、気遣いも必要ない。

むしろ、小恋は大喜びだった。

第二章　狼爆雷《ラン・バオレイ》

「お呼びいただきありがとうございます！　小恋《シャオリャン》、来ました！」

大きな声で、元気に挨拶をする。

下女に降格一日目の朝。

小恋は、自分を呼び出した宮女達《たち》の下へとやって来ていた。

今現在、後宮内には皇帝の寵愛《ちょうあい》を受ける妃が十二名いる（うち一名は、小恋が昨日ノックアウトしたので、正確には十一名）。

ここは、その内の一人――炎牛《えんぎゅう》州出身の妃、金華妃《きんかき》が住まう炎牛宮の端。

専属宮女の詰め所である。

「あら、誰かと思えば雑用姫様《ざつようき》が参られたわよ」

と、たむろしていた宮女達の間から、そんなひそひそ話が聞こえてきた。

小恋は気にすることなく、詰め所の中をキョロキョロと見回している。

「よく来たね」

と、一人の宮女がそんな小恋の前に出てくる。

長い髪を後頭部で丸く結わえて纏《まと》めている、長身の宮女だ。

「私はこの宮の副宮女長だ。今日は、あんたに依頼したい仕事があってね」

と言っても、別にあんたを指名したわけじゃないんだけど——と、その副宮女長は言う。

まぁ、当然だ。

下働きの下女も複数名いる。

その中から、たまたま小恋が選ばれただけの話である。

まぁ、中には仕事っぷりが良かったり、評価が高かったりする雑用係は目を掛けられ指名されることもあるそうだけど。

「こっちだよ、ついておいで」

副宮女長の後につき、仕事場へと連れていかれる小恋。

宮の中をしばらく歩き、辿《たど》り着いたのは、敷地内の隅っこにある人の気配のしない小部屋だった。

「うへぇ」

そこは、正に倉庫だった。

物が積み重なり、埃《ほこり》も溜《た》まっている。

蜘蛛《くも》の巣までかかっているところから、大分長い間放置されているのがわかる。

まるで動物小屋だ。

しばらく、掃除なんてしていないだろう。

「あんたには、この部屋を掃除してもらうよ」

副宮女長は言う。

「ここは？」

「長らく使われていない作業部屋さ」

彼女によると、ここを宮女の仕事部屋の一つにしたいと思っているが、今まで手が回らなくて掃除ができていなかったとか。

「夕方まで時間をあげるから、綺麗《きれい》にしておいて」

「夕方まで、ですか？」

小恋は思わず聞き返す。

「ま、安心しなよ。こっちだってハナから綺麗に片付くなんて思っていないから。埃や煤《すす》や、虫の死骸を掃き出す程度の仕事で良いよ」

「……」

さらっと言っているけど、要は一日この不健康極まりない環境で働けということだ。

黙りこくる小恋の態度に、副宮女長は眉を顰《ひそ》める。

「なに？　何か文句でも——」

「承知いたしました！　頑張ります！」

不服を口にすると思い、威圧しようとした副宮女長は、小恋から返ってきた元気な返事に思わず目を丸くする。

「……手を抜くんじゃないよ」

それだけ言い残し、その場を小恋に任せ彼女は去っていった。

「さて」

残された小恋は、汚れた室内を見回しながら腕まくりをする。

積もった埃、虫の死骸、積み上がった重そうな荷物、腐りかけの床板に柱。

これは、やり甲斐《がい》がありそうだ。

「まずは、換気からかな」

口元に布巾を巻き、窓を開放しながら、小恋は呟《つぶや》く。

さてさて、じゃあ、まずはどこから直してあげようか——と。

◇◆◇◆◇◆

——そして、夕方。

「………」

様子を見にやって来た、副宮女長をはじめとした数名の宮女達は、目前の光景を見て呆気《あっけ》に取られていた。

「あ、お疲れ様でーす」

と、額の汗を拭いながら、小恋が言う。

汚れと不用品が堆積し、修復不可能とさえ思われていたゴミ部屋——だった場所。

そこには、見違えるほど整理整頓され綺麗になった部屋があった。

「こ、これは……」

「嘘《うそ》……別の部屋と間違えたんじゃないの？」

「いえ、でもここで合ってるはず……」

付き添いの宮女達は呟く。

あの有名な『雑用姫』に、この宮が抱える問題の一つのゴミ部屋が押し付けられたと聞いて、面白半分で結果を見物に来たのだが――予想が外れたためだ。

壁や天井にこびりついていた汚れは綺麗に拭き取られ、破損していた床板等も補修されている。

適当に放置され、足の踏み場もなかった荷物の山も、不用品は処分され、まだ使い道のありそうなものは整理されている。

「あんた、一人でやったのかい？」

「はい」

副宮女長の質問に、小恋はあっけらかんと答える。

片田舎の山で一人貧乏暮らしをしてきた彼女が培った、リフォーム術が発揮されたのだ。

まず、収納術。

壁に木の角材で簡易的な棚を作った（必要な道具は、後宮内の倉庫からもらってきて用意した）。

床から天井までの高さの柱を二本用意し、その柱と柱の間に横板を通しただけの簡単な代物だが、手間無く作れる。

しかも、不要になれば取り外し、解体もできる。

棚を作ることができれば、整理整頓も容易だ。

続いて、普通の人間なら触るのも躊躇《ちゆうちよ》するような汚れや虫の死骸等は、どうやって掃除したのか？

彼女の両手は、布で覆われている。

要らない雑巾を縫って作った手袋。

いわゆる、万能雑巾だ。

これで、部屋の隅や溝など、指が入る場所なら細かいところの汚れも掃除できる。

他にも、宮内の食堂で蜜柑《みかん》の皮を煮出した水をもらってきて、それを布に付けて木の床を拭くことでピカピカにした。

また、余った胡桃《くるみ》ももらってきて、それで床板の色が剝げてしまっているところを磨いてごまかしたり。

ともかく、彼女の働きのおかげで、ゴミ部屋は見事に再生を遂げていた。

「今日の仕事は、終了でいいですか？」

「え、あ、うん」

依然ぽかんとしている宮女達の下に行き、小恋は副宮女長に一枚の紙切れを渡す。

「じゃあ、ここに仕事を終えたという証明の印をお願いします」

これは、下女や雑用係が、依頼通りちゃんと仕事をしたと証明するための報告書だ。

報告書には、今日の仕事の内容と、依頼した宮女のコメント、仕事の評価が記され、加えて仕事が完遂したという印が押される。

これを提出しなければならない。

「あ、ああ、ちょっと待ってて……」

副宮女長は小恋から報告書を受け取ると、近くの棚の上でサラサラと記入し、印を押す。

「……ほら」

そして、小恋に返してくる。

おお、星の五段階評価は、星五個をもらえていた。

満点だ。

「じゃあ、またよろしくお願いしまーす」

最後に挨拶を残し、小恋はその場を後にした。

◇◆◇◆◇◆

時刻は夕方。

本日の業務を終了させた小恋は、そのまま帰路に就き、敷地内にある下女の宿舎へと向かっていた。

「そうだ、明日のために先に色々準備しておこう」

後宮内には、雑用の作業道具が保管されている倉庫がある。

棚の材料などもそこで調達した。

道具を戻しに行くついでに、まだ何か使えるものがあるかもしれないから、先に確認しておいてもいいかもしれない。

「……ん？」

と、そこで気付く。

廊下の先から、一人の男がこちらに向かって歩いてくる。

身に付けている軽装備から察するに、宮廷の衛兵だ。

（……警邏《けいら》中なのかな？）

でも、夕刻に男の兵士が後宮内をうろついているなんて珍しい。

「おい」

すると、その衛兵は小恋の目前で立ち止まり、声を掛けてきた。

小恋と同じ、癖のある黒髪。

挑戦的な目付きの——正に血気盛んな若者といった印象の衛兵である。

「お前が、小恋とかいう《退魔士》の小娘か」

「あ、はい」

小恋が答えると、その衛兵は数秒、彼女を見定めるように視線を上下させ。

「狼爆雷だ」

そう、名乗った。

「今日の夜、仕事だ。指定した時間通りに、指定した場所に来い」

◇◆◇◆◇◆

一日の仕事を終えて――深夜。

小恋は夕方、爆雷《バオレイ》に指示された時間通りに、指示された場所へとやって来た。

後宮の中、妃達の住まう宮の一つである。

現在、皇帝から寵愛を受ける十二人の妃は、この夏国《シア》を構成する十二の州それぞれの代表である。

十二人の妃が住まう十二の宮は、それぞれの妃の出身州の名を冠している。

ここは、炎牛州出身の妃、金華妃の宮――炎牛宮。

何を隠そう、今日の昼間、小恋がゴミ部屋掃除の仕事をした宮である。

（……あの人が昼間にうろついていたのも、何か理由があったからなのかな？）

夕方、この宮の廊下で爆雷に遭遇した時のことを思い出す。

あの時、彼に「水内侍府《スイないじふ》長からの伝言」を聞かされた。

どうやら、罪人である小恋が処分されることなく後宮で生き続けるための交換条件として、雑用係に降格したのに加え、夜は《退魔士》としての仕事もしろ――ということらしい。

で、今回、その相方として行動する予定なのが。

「よう、時間通り来たな」

彼――狼爆雷なのだとか。

回想を終えると同時、小恋は約束の場所――炎牛宮の端の東屋《あずまや》に到着を果たす。

そして、夕方出会った若い衛兵――爆雷が、そこで待ち構えていた。

黒色で癖の掛かった髪に、挑戦的な目付き。

血気盛んな雰囲気は、木々も寝静まった夜の静寂の中でも、依然として感じられる。

「一秒でも遅刻したら、ぶっ飛ばしてるところだったぞ」

「あ、はい、それはどうも（？）」

なんと返して良いのかわからない言葉を切り出されたので、そんな感じで適当にあしらってしまった。

荒い雰囲気は、流石《さすが》は武官と言ったところか。

「おら」

と、そこで。

爆雷が小恋に、東屋のテーブルの上に置かれていたものを差し出してきた。

何かと思ったら、蒸籠《せいろ》だった。

かすかに、おいしそうな匂いが漂ってくる。

「なんです、これ？」

「昼間は随分、雑用係としてこき使われたんじゃないのか？」

爆雷が蒸籠を開けると、中から現れたのは点心。

肉まんが四つほど。

「この後、疲労で役に立たないんじゃこっちが困る。きちんと腹ごしらえでもして――」

「いいえ、別に大丈夫ですよ」

小恋は、ケロリとした顔で爆雷に言った。

宮女達の小言も、体力を使う雑用仕事も、小恋にとってはどうってことない。

あの程度で疲れはしないし、むしろ好きなことをやらせてもらっているのでストレスも無い。

「……んだよ、今の自分の境遇を気に病んでるかと思って、わざわざ差し入れを持ってきたってのに」

すると、爆雷は拗《す》ねたように顔を逸《そ》らして、ぶつぶつと言い出した。

なんだ、この人。

案外、好《い》い奴《やつ》なのかも。

「でも、そのご厚意は大変ありがたいので、謹んでいただきます」

「あ、おう」

蒸籠の中から肉まんを一つ手に取り、頬張る小恋。

流石、宮廷内の料理人によって作られた（と思われる）点心だ。

軟らかくもちもちして、甘い皮の中からジューシーな豚肉の脂が溢《あふ》れ出てくる。

（これなら、いくらでも食べられそう……）

「おい、全部は食うなよ。半分は俺んだ」

（……自分も食べるんかい）

そんな感じで、二人そろってもぐもぐタイムを終え。

「さて、仕事の時間だ」

「で、何をすれば良いんですか？」

腕を伸ばし準備運動をする爆雷に、小恋が尋ねる。

「……ここ最近、この金華妃の宮で、宮女が不審死を遂げる事件が相次いでいる」

歩き出す爆雷の後に、小恋は続く。

「原因となる事件は夜に起こっているようだ。目撃者もいない。妃も宮女も怯《おび》えている。そこで、俺が夜の警邏を買って出た」

「はぁ……」

「そんなある日、夜中、宮内を巡回していた俺は、偶然あるものを目撃した」

「あるもの？」

「……空を飛ぶ生首だ」

爆雷は、心底忌々しそうに呟いた。

「人間の頭だけが、空を飛んでたんだ」

「……」

「その夜、この宮内で宮女の一人が死亡しているのが発見された。あれは、まず間違いなく、妖魔の類だ。そして、この連続怪死事件の犯人」

しかし、その目撃談を証言しても誰も信用しない。

仲間の衛兵達も、寝惚《ねぼ》けて見間違えたんだろうと取り合わなかった。

「そこに来たのがお前だ。お前、妖魔の気配を見極めることができるんだろ?」

「え、えーっと……」

「ごまかす必要はねぇよ。俺も、月光妃《げっこうき》の件の顛末《てんまつ》は内侍府長から聞いてる」

そこで、爆雷は立ち止まり、小恋を振り返った。

「これは幸運だ。お前の力を使って、妖魔を探し出せ。そうしたら、俺がこの手でぶっ倒してやる」

バシンッ! と、こぶしを手の平に叩《たた》き付けながら、爆雷は言う。

相当な意気込みだ。

しかし、妖魔を拳骨《げんこつ》で倒すのは難儀だと思うけど……と、小恋は思う。

「後宮の平和のためにそこまで……正義感が強いんですね」

「当たり前だ。悪をぶっ潰してこその武官だろ」

そこで、爆雷はジッと小恋を見据える。

「しかし、なんで《退魔士》なんかが後宮の宮女になったんだ。給料が安かったのか?」

「いえ、私《退魔士》じゃないです」

「は?」

「そもそも《退魔士》なんていうものが存在してることも知らなかったです」

小恋が、妖魔と抵抗なく戦えるのは、幼い頃から山の生活の中で知っていたからだ。

それに、父の教えもあったから。

「というか、その《退魔士》とかいう人達がいるなら、普通に雇ったりしないんですか？　後宮の中で死者が出るような事件になってるのに」

当然の疑問を、小恋が口にする。

「……しない」

それに対し、爆雷は即答した。

「《退魔士》の徴用に関しては、宮廷でも長年渋ってる。理由はまず第一に、信用できないからだ。この国には《退魔士》の組織が幾つか存在するが、どうにも胡散臭《うさんくさ》いしキナ臭い。何でもかんでも『妖魔の仕業』に結び付けて、関係の無いことにまで口出しして金を毟《むし》り取ることもあるそうだ。だから、妖魔をどうこうできるっつぅお前がやって来たのは、不幸中の幸いだったのかもな」

「なるほど」

そうこう話している内に、小恋達はある部屋の前に到着する。

前回、事件が起こった際に、被害者の宮女がいた部屋だ。

この炎牛宮に住まう第五妃、金華妃の専属の宮女で、とても優秀な人だったそうだ。

「被害者は、ここで殺されてた。何か、わかるか？」

「うーん……」

小恋は意識を集中させる。

妖魔がすぐ近くにいたり、自身の存在を大きくアピールするような素振りを見せたりすれば、こっちが意識しなくても感付けるが（というか、これは目立つような行動をする人間と変わらない）、向こうが気配を殺して隠密《おんみつ》行動をしていたり遠方にいたりする場合は、集中と気力が必要になる。

全身の神経を研ぎ澄ませ、脳を巡る血液を加速させるように――。

「……っ」

きんっ、と、肌を針で刺されたような刺激が来た。

「あっちです」

「よし、向こうだな！」

小恋は自身の感知した方向に向けて走り出し、それを爆雷も追いかける。

ただ――。

（……この気配、結構強力かも）

感知した気配は、あの妲己《だっき》にも劣らない程、大きなものだった。

待ち構えているのは、大物かもしれない。

「爆雷さん、覚悟してくださいね」

「あん？」

もし何かあったら、自分が彼を守らねば。

そう思いながら、小恋は走る。

◇◆◇◆◇◆

やがて、小恋が辿り着いたのは、炎牛宮の端に位置する庭。

その奥の、竹藪《たけやぶ》の中だった。

「こっちから気配がします」

「よし……お前はここにいろ」

「え？」

小恋が止める間も無く、爆雷は竹藪の方へとずんずんと進んでいく。

「出て来い、妖魔！　この俺が直々にぶちのめす！」

（……えー、そんな大声で叫んだら逃げられるかも――）

と、小恋が思った、その時だった。

竹藪の中から、何かが爆雷の顔に向かって飛び出した。

「んな！」

悲鳴を上げる爆雷は、顔を覆われそのまま頭から地面に倒れる。

「爆雷さん！」

更にそいつは、爆雷から小恋へと飛び移り――。

――もふっ。

「へ？」

何か、小さなもふもふとした塊が小恋のお腹《なか》に引っ付いた。

見下ろす。

白と黒の毛並みの、四つ足の小さな動物が、小恋の胴体に抱き着いた状態で見上げてくる。

「ぱ……パンダ？」

『ぱんだー！』

それは、パンダだった。

しかも、子供のパンダ。

「なんで、こんなところにパンダが……」

いや……というかこのパンダ、今『ぱんだー！』って鳴かなかったか？

パンダって、『ぱんだ』って鳴くんだ……。

困惑する小恋の一方、子パンダは小恋の体にふにふにと体を擦《す》り付けてくる。

「ああ、あったかい……って、そうじゃなくて」

「お、おい、なんだそいつは……」

強打した後頭部を摩《さす》りながら、爆雷が起き上がる。

「パンダですね……」

「なんで、後宮の中にパンダがいる!?　いや、今はそれどころじゃ……」

と、その時だった。

神経を集中させていた小恋の感知器に、再びピリッと痺《しび》れが走った。

妖魔の気配だ。

「爆雷さん、隠れて！」

小恋は子パンダを抱えたまま、爆雷と共に竹藪の中に飛び込む。

そして、空を見上げる。

……上空に浮かんだ満月に重なるようにして、何かが飛んでいるのが見える。

あれが、感知した気配の正体？

「……あいつだ！」

爆雷も、震える声を発する。

空を飛翔《ひしょう》する、人間の頭部を見上げながら。

「飛頭蛮《ひとうばん》……」

それを見て、小恋は小さく呟いた。

◇◆◇◆◇◆

飛頭蛮。

妖魔の一種である。

飛頭蛮は、普段は人間の姿をした妖魔で、夜の間だけ首を独立させて飛ばすことができる。

そして、人間に噛《か》み付き、傷口から血液を吸う。

……そう、小恋はかつて父から教わった。

「飛頭蛮……か」

竹藪の中に隠れながら、小恋はそれを爆雷に説明する。

爆雷は頭上を見上げながら、忌々しげに眉間に皺《しわ》を寄せた。

ちなみに、子パンダは大人しく小恋の傍らでお座りしている。

「……そうか」

そこで、何かに気付いたのか、爆雷が呟いた。

「何か、思い出したんですか？」

「宮女達の死因だ。首筋に噛まれたような痕があって、体の血が減ってたんだとよ」

きっと、飛頭蛮に襲われていたのだ。

此度《こたび》の事件の犯人が確定した。

「追うぞ。ボコボコにぶちのめす」

「捕まえる、ですよね」

ふわふわと、夜空をどこかへと浮遊していく飛頭蛮を、気配を殺しながら追う二人。

しばらくすると、飛頭蛮の動きが停止した。

「……止まりました」

「ん？」

飛頭蛮は、何かを見付けたかのように見下ろしている。

見ると、小恋達が潜む庭先から見える軒下の廊下を、一人の宮女が歩いていた。

廁《かわや》に向かう途中だろうか？

「まさか……」

小恋が思うのと同時だった。

飛頭蛮が、鳶《とんび》のように急降下した。

速い。

向かう先は真《ま》っ直《す》ぐ、あの宮女だ。

「襲う気です！」

「まずい！」

爆雷が叫び、駆け出そうとする。

しかし、タイミングとしては手遅れだった。

宮女の所まで、そこそこの距離がある。

確実に、飛頭蛮の方が先に到着する。

「え――」

飛来してくる飛頭蛮に、宮女も気付く。

しかし、牙を剝《む》き、食らい付かんとしているそれに気付いたところで、時既に遅し。

悲鳴を上げることすら叶《かな》わない――。

「爆雷さん！　伏せて！」

その時だった。

小恋が動いた。

自身の服の下から、何か棒のようなものを抜き出す。

いや、棒ではない——三日月のような形で、端から端に弦が張られている。

「お前、それ——」

爆雷は度肝を抜かれる。

それは、弓。

小恋が隠し持っていたのは、小弓だった。

夕方、仕事を終えてから爆雷と合流するまでの間に、後宮の倉庫で色々な道具を品定めしていた。

そこで見付けた素材で作った、簡単な弓だ。

同じく拵《こしら》えた——真っ直ぐな木の棒の先に石の鏃《やじり》を括《くく》り付け、反対側に羽根を取り付けた——矢を番《つが》え、瞬く間に照準を合わせ。

放つ。

ピィィィ——と、風を切りながら、矢は一瞬で飛頭蛮に到達。

「！」

その頭頂部を、矢が掠《かす》める。

直撃はしなかったが、回避した飛頭蛮は必然、宮女から離れる形となった。

最悪の事態は回避できた、ようだ。

「お前……弓なんて持ってたのか」

しかも、良い腕だ——と、爆雷は呟く。

小恋は、父から様々な武器の使い方を教えてもらった（父は、遊びと言っていたが）。

剣や槍《やり》でも戦えるが、父から教えてもらった技術の中でも一番得意で重宝していたのが、弓だった。

なにせ、獲物を仕留めるのに一番効率的だから。

「山で狩りをしていたから、得意なんです」

小恋は再び弓に矢を番えながら、廊下の先を見る。

飛頭蛮は宮女への襲撃を諦め、どこかへと飛んでいく。

逃げる気だ。

「追いますよ！」

「お、おう！」

小恋と爆雷は走り出す。

途中、腰を抜かして怯えている宮女には、部屋に戻れとだけ指示し、二人は飛頭蛮を追いかける。

その飛行する様子は、どこかぎこちない。

小恋の矢の攻撃が、少なからずダメージを与えているようだ。

「奴め、どこに行く気だ？」

飛頭蛮を屋外ではなく、後宮の中に追い込んだのは正解だったようだ。

外に逃げられたら、どこかへと飛んで行ってしまう。

しかし、建物の中なら、飛ぶ高さ、方向は限られる。

そう簡単には見失わない。

「こっちです！」

飛頭蛮を追跡し、二人はしばらく走る。

すると、やがて二人の前方に、荘厳な金属製の扉が見えてきた。

「あそこは……」

「宝物庫だ」

芸術好きの金華妃のコレクションが収められている——と、爆雷が解説する。

見上げると、巨大な扉の上方にある換気のための小窓が開いている。

飛頭蛮が、その小窓から宝物庫の中へと侵入するのが見えた。

「チィッ！」

二人は、宝物庫の扉の前で立ち止まることを余儀なくされる。

扉は大きい、しかも鋼鉄製。

極太の閂《かんぬき》と鍵が掛けられている。

厳重な警備態勢だ。

「どうしよう、鍵がないと開けられないみたいですけど……」

流石にこれは、小恋もお手上げだ。

と、思っていたら。

「どいてろ」

爆雷が小恋を脇に退《の》け、扉の閂を両手で摑《つか》む。

「はい？　あの――」

「ぐぅぅぅぅぅぅぅぅぅぅぅぅぅぅぅぅぅぅぅうあああああああああああああああああああああああああああああああアアアアアアアアアアアアアアアアアアアアアアアアアッッ！！！」

猛獣のような雄叫びを轟《とどろ》かせ、爆雷は閂に力を籠《こ》める。

すると、メギメギと音を立てて閂が折れ曲がり――。

「ガアアアッ！」

そして、へし折れた。

「ふぅ……よし、後で直させりゃいいだろ」

「ええ……」

小恋もドン引きである。

と言うか、どういう怪力？

「爆雷さんは大猩々《ゴリラ》ですか？」

「あん？　大猩々ってなんだ？」

「異国にそういう動物がいるって、昔父さんが。凄《すさ》まじい筋力を持ってて、大抵のことは暴力で解決できる馬鹿力生物だと」

「ああ!?　ふざけんな、誰が大猩々だ！」

「いやでも、森の賢者って呼ばれるほど頭の良い生き物だとも言っていたような」

「そうか、悪くないかもな、大猩々」

単純だな、この人。

とにもかくにも、鋼鉄の扉が開かれる。

しかし、宝物庫の中は静寂に満たされていた。

生き物の気配がしない。

「消えた……いや、どこかに潜んでるのか？」

「いいえ、撒《ま》かれたのだと思います」

宝物庫の天井近くには、換気用の小窓がいくつかある。

おそらく、飛頭蛮はこの宝物庫に入り、既に別の小窓から出ていった後だろう。

「クソっ！　遂《つい》に実行犯を見付けたってのに、逃げられたのか！」

「待ってください、爆雷さん」

そこで、既に小恋は気配の探知に入っていた。

爆雷が門を破壊してくれたおかげで、宝物庫に入るまでの時間はさほどかかっていない。

どこかに逃げたとしても、まだ距離は離れていないはず。

「ここで消えたように見せかけて、もしくは気配を殺して隠れているように見せかけて、宝物庫の外に逃げているとするなら……」

瞬間——小恋の感覚が、妖魔の気配を感知する。

「爆雷さん！　私をあの小窓に向かって投げてください！」

「ああ!?」

「早く！　あっちの方向から、気配がするんです！」

この一瞬の間にも、飛頭蛮は夜空を飛んでいく。

四の五の言っている暇はない。

爆雷も承諾し、小恋の体を担ぎ上げると——。

「どっ、せい！」

天井に向かって投げる。

しかし、本当に凄まじい馬鹿力。

父さんと、どっちが上かな？——などと考えている間に、小恋は指定した小窓の近くまでジャンプ。

窓の縁に飛びつき、体を乗り出す。

狙い通り、ギリギリ体勢は整えられる。

そして、小窓の向こうには、どこかへと逃げていく途中の飛頭蛮の姿が見えた！

そこからの小恋の動作は完璧だった。

矢を番え、弓を構え、双眸《そうぼう》が刹那にして対象に照準を合わせ――。

「獲《と》った」

弓が戦慄《わなな》く。

放たれた矢が、飛頭蛮に命中を果たす。

「ぎゃ」と小さな悲鳴が聞こえ、飛頭蛮の頭部が落ちていくのが見えた。

「爆雷さん！　飛頭蛮を仕留めました！」

「おお！」

「飛び降りるので受け止めてください！」

「おい!?」

窓の縁から飛び降りる小恋を、爆雷が慌ててキャッチする。

「お前……そこらの男より度胸あるな」

「この程度でビビってたら、山で一人暮らしなんてできませんよ」

◇◆◇◆◇◆

落下地点へ向かうと、そこには頭部が一つ転がっていた。

飛頭蛮だ。

小恋の射た矢は、その顔に深い傷を負わせていた。

まぁ、最初から命中させるつもりはなかったが。

「遂に捕まえたぞ」

爆雷が、飛頭蛮の頭を、両手でがっちりと掴む。

飛頭蛮は、長い髪で顔を覆っている。

それにより、こうして接近するまで表情等が全く見えなかった。

「どうする、小恋。内侍府長のところまで持ってくか？」

「待ってください」

爆雷に問われた小恋は、呼吸の荒い飛頭蛮に言う。

「飛頭蛮は、夜が明ける前に必ず本体に戻らないといけないんです。さもなければ死んでしまうから」

「………」

「何が目的で、宮女を襲っていたの？　教えて。さもないと、体のところには帰さない」

「……ぐ――」

そこで、小恋にとっても爆雷にとっても、想定外のことが起こった。

がくり、と、飛頭蛮の顔が、力が抜けたかのように下を向く。

「お、おい」

爆雷が何事かと顔を上に向けさせると、飛頭蛮の口から血が流れ落ちた。

「こいつ、まさか！」

「……舌を嚙み切って、自害した」

小恋は呟く。

「な……くそっ！　こいつの目的は、一体なんだったんだ!?」

「……」

悔しそうに地面を殴る爆雷と、動かなくなった飛頭蛮を見比べる小恋。

この飛頭蛮は、一体どこから来たのか？

そして、何故《なぜ》宮女を襲っていたのか？

「……別の妃の陰謀とかじゃ、ないですか？」

刹那、彼女の脳は、その可能性を口に出していた。

「……なに？」

「私の母は、かつて後宮で暮らしていたそうです」

記憶の中、幼い頃、母が語っていた話を思い出す。

後宮内では、妃達が皇帝の寵愛を奪い合っている。

今考えたら、年端もいかない娘になんてことを話していたんだろうと思うが……その天然さが、あの人の人柄だった。

「この後宮には現在、十二の州から選び抜かれた十二人の妃がいると聞いてます……まぁ、その内一名は、私がぶっ飛ばして放逐されましたが。代表の妃が皇帝の子を身籠れば、その州は大きな力を持つはずです」

「……だから、妃が他の妃の暗殺を狙っていた？」

母も言っていたが、それは別に珍しいことじゃない。

競争相手の足を引っ張り、引きずり落とすのも、立派な計略の内だ。

と、小恋は想起する。

「チッ……せめて、こいつの本体がある場所がわかれば」

そこに、この飛頭蛮の仲間や、何かの手掛かりがあるかもしれない。

爆雷の言いたいことは、小恋にもわかる。

しかし、宮廷は広大だ。

捜索はほとんど不可能に近いだろう。

そもそも、宮廷の中にいるのかもわからないし……。

「……あれ？」

そこで小恋が、地面に横を向いた状態で置かれている飛頭蛮の後頭部を見て、何かに気付く。

「……爆雷さん、もしかしたら、わかるかもしれません」

「……なに？」

「この飛頭蛮の、体がある場所」

◇　◆　◇　◆　◇　◆

「……遅い」

暗い部屋の中で、何かを待つ者が一人。

〝彼女〟は、いつまで経《た》っても帰ってこない仲間に違和感を覚えていた。

仕事は迅速、的確に。

遊びや余興は必要ない。

宮女を一人殺したら、即座に戻ってくる……意味も無く、痕跡を残すようなことはしない。

この役務は、そう決まっているはずだ。

「……まさか」

……何かあったのだろうか？

〝彼女〟は、目前の床に横たわった、首の無い胴体を見下ろす。

もしも、何かのミスで頭部がここに帰ってこられないのなら……早急に、この体を回収して去るべきだ。

そう思った──その時。

〝彼女〟が息を潜めている部屋の扉──内側から細工をして、外からは開けられないようになっているはずの扉が、強引に開けられた。

「!!」

いや、開けられたのではない──破壊されたのだ。

何か、途轍《とてつ》もない力によって、廊下側から室内に向かって、扉が吹き飛ばされた。

「ひっ……」

跳ねる扉から身を守りつつ、〝彼女〟は、入口の方を見る。

「やっぱり、ここだった」

そこに立つのは、小恋と爆雷。

小恋は、部屋の中を見て――そこにいる〝彼女〟を見て、眉を顰める。

「あなただったんですね……〝副宮女長〟」

「お、お前は……」

月光に照らされた小恋の姿を見上げ、〝彼女〟――炎牛宮の副宮女長は、驚きを露《あら》わにする。

「………」

小恋は、改めて今自分達が辿り着いた部屋を見回す。

炎牛宮の外れにある、つい昼間までは誰も寄り付かない物置として放置されていた部屋――。

そう、ここは、小恋が掃除をして蘇《よみがえ》らせた、あの部屋だ。

「……爆雷さん」

「ああ。あの服、宦官《かんがん》だな」

副宮女長の脇に寝かされた首の無い体は、宦官の服を着ている。

あの飛頭蛮の本体だ。

なるほど、宦官としてこの宮廷に忍び込んでいたのか。

もしくは、宮廷に仕えた後に妖魔となったのか……。

「そうか……犯行の拠点に、この部屋を使っていたのか」

「身を隠して何かをするにはちょうど良かったんでしょう。人も寄り付かない、汚い物置になってましたからね」

「ど、どうしてここがわかった！」

そこで、副宮女長は焦燥を露わに叫ぶ。

「まさか……こいつを尋問して吐かせたのか……」

「いいえ、その人は私達が何かを聞く前に自害してしまいました」

横の宦官を一瞥《いちべつ》した副宮女長に、小恋が説明する。

先刻の言葉通り、この部屋が連続宮女怪死事件――その犯人である飛頭蛮の体の隠し場所、つまりは拠点として使用していた場所だったのだろう。

この倉庫を、あえて小恋に掃除させたのも、疑われないようにするためだったのかもしれない。

使われていない、人の出入りがない場所――捜査対象としてそういう場所が真っ先に疑われるのなら、適度に気に掛けている場所という印象を、宮内の人間達に与えたかったはずだ。

だから、適当に下女を使って、本来なら一人でどうこうできるはずもない掃除仕事をさせようとした。

しかし、誤算は、小恋がやって来たこと。

小恋がたった一日で、ゴミ溜めだった倉庫を綺麗にしてしまったのだ。

とは言え、今まで滞りなく使っていた場所を、即座に変更するわけにもいかない。

今夜も、活動拠点として使わないわけにはいかず、この部屋に身を潜めていたというわけだ。

「自害……なら、どうやってここを突き止めた！」

「その飛頭蛮の頭部を捕まえ、自害されてしまった後、飛頭蛮の首筋の一部に妙な汚れが付着しているのを見たんです」

小恋は、自身のうなじを示しながら言う。

飛頭蛮のうなじに少し、茶色い色素が付着していたのだ。

「私は昼間この部屋で、日に褪《あ》せた床の補修にと、胡桃で床板を磨いたんです。飛頭蛮がいつものようにここで仰向《あおむ》けに寝て、首を取り外した際、その時の胡桃の色素が首に付着してしまったんでしょう」

「………そんな、ことでっ」

それを聞いて、副宮女長は歯噛《はが》みをして悔しがり下を向く。

「目的は……宮女を襲い続け、皇帝に炎牛宮に対し不穏で危険な印象を持たせること。そうすることで、皇帝による金華妃への〝お渡り〟を阻止しようとしていたとかか？　で、あわよくば金華妃自身の暗殺も狙っていたとか」

「……っ……っ」

「黒幕は誰だ。他の妃……いや、炎牛宮以外の州公の差し金か何かか？」

「……くっ！」

瞬間、にじり寄る爆雷に向かって、副宮女長の頭部が飛んだ。

どうやら、彼女も飛頭蛮だったようだ。

鋭い牙を剝き、爆雷に向かって飛来する副宮女長の頭部。

しかし、小恋は既にこの状況を想定していた。

爆雷の前に立ちはだかるように跳躍し、大きく腕を後ろに引き――。

「っせい！」

襲来した副宮女長の頭部に向かって、思いっきりビンタした。

「ぶぇんっ！」

一撃を食らった彼女の頭部は、昼間に小恋が作った簡易棚に命中し、そのまま落下。

収納してあった荷物が崩れ落ち、下敷きになった。

「よし」

爆雷は、荷物の山から、気絶した副宮女長の頭部を引きずり出し、両手でがっしりと捕まえる。

「捕獲完了だ」

◇◆◇◆◇◆

こうして、炎牛宮を震え上がらせていた不審な連続宮女怪死事件の犯人は、無事逮捕するに至った。

と言っても、まだ一件落着というわけではない。

これから、副宮女長の口を割らせ、目的、黒幕の有無を吐かせないといけない。

しかし、それら尋問は専門の機関の仕事。

小恋と爆雷の役目は、ここまでだ。

「……二人ともご苦労だった」

早朝。

小恋と爆雷は、内侍府長の執務室に来ていた。

内侍府長の水への報告を行うためだ。

報告を聞いた水は、机の上の書類にサラサラと筆を走らせると。

「今回の件の報告書の控えだ」

と、二人にそれぞれ書類を渡してきた。

昨日の小恋の掃除の時もそうだったが、宮廷内では、個人の仕事や実績はちゃんと記録され残されている。

それは、雑用仕事を行う下男や下女に至っても同じだ。

（……おお！　星五評価だ！）

今回の一件は大手柄として、水から星五評価されていた。

この評価によって、昇給や昇格が決定されるという仕組みだ……まぁ、小恋にとっては関係の無いことだが。

「やりましたね、爆雷さん」

「……ああ」

二人は執務室を後にし、廊下を歩いている。

時間は、もう朝。

宮廷も既に動き出している。

小恋も、もう少ししたらまた下女としての仕事が待っているのだ。

「しかし、一日で星五評価を二回ももらえるとは思いませんでしたよ。ああ、でも、最初の評価は副宮女長が行ったものなんですけどね。あれは有効なのかな？」

「なぁ、お前、歳《とし》いくつだ？」

そこで不意に、小恋は爆雷にそう尋ねられた。

「え？」

「歳だよ、何歳だ？」

何故、このタイミングで年齢を？

そう思ったが、小恋は自身の歳を伝える。

「十六です」

「なんだ、俺とそう変わらねぇじゃねぇか。呼び捨てで良いぞ。あと、敬語もいらねぇ」

「え、でも一応、爆雷さんの方が歳上……」

「いいんだよ。今後も、しばらくは俺と一緒に行動するんだから。変に遜《へりくだ》る必要もねぇよ」

爆雷は、前を向いたままそう言う。

……どうやら、彼なりに、小恋に一目置いてくれているようだ。

荒っぽいし単純だし……あと大猩々だけど、素直で基本的には好い人らしい。

「あ、そういやぁ、小恋。あの――」

そこで、爆雷が何かを思い出したように口を開いた――瞬間だった。

『ぱんだー！』

「ぶわっ！」

軒先の庭から、何かが飛んできて爆雷の顔に突撃した。

「あ、子パンダ！」

竹藪の中で発見した子パンダだった。

爆雷の頭を踏み台にし、小恋の体にまた引っ付いてくる。

『ぱんだ～、ぱんだ～』

「そうだよ、こいつだよ、こいつ！　こいつは一体何だったんだ!?」

「いやぁ……私にもわかんないよ」

本当……なんで後宮内の庭に、パンダが？

野生のパンダ？　だとすると、親もいるのだろうか？

しかも、『ぱんだ、ぱんだ』って鳴くし……。

疑問は尽きないが、ともかく今は仕事に行かないといけないので、小恋はパンダと一緒に下女用の宿舎に帰ることにした。

第三章　雑用姫《ざつようき》、掃除に訓練に大活躍

——さて、先日の炎牛《えんぎゅう》宮での事件から、数日後。

「んしょ、んしょ」

小恋《シャオリャン》は、今日も下女として雑用の仕事に呼ばれていた。

ちなみに、本日の仕事場も炎牛宮。

その宮内の調理場にいる。

「しかし、よく働くわね……」

「……ええ」

小麦粉の詰まった袋を肩に担ぎ運ぶ小恋を遠目に見て、宮女達《たち》がひそひそと話している。

「凄《すご》い体力……」

今回の仕事は、調理場の掃除。

テキパキとした動きで、厨房《ちゅうぼう》の調理道具や食材なんかの整理をしている。

「なんだか楽しそうね」

するとそこで、調理場に一人の女性がやって来た。

その人物の登場に、小恋の仕事っぷりを遠巻きに見物していた野次馬の宮女達が慌てふためく。

「金華妃様《きんかき》！」

豪奢《ごうしゃ》な衣装に、結い上げられた亜麻色の髪。

気品のある美貌を損なわない、自然な化粧。

紅を引いた口元。

豊満な体。

どこか、儚《はかな》い雰囲気を覚える。

（……あの人が……炎牛宮の妃、金華妃様）

当たり前の話だが、州を代表する妃なのだ。

美人に決まっている。

「わざわざ、このような場所に……もうご気分の方はよろしいのですか？」

「ええ、心配をかけたわね」

彼女にとっては、ここ最近ショックな事件が多かったはずだ。

自身の宮内で頻発する、原因不明の怪死事件。

その事件の容疑者として、直属の配下である副宮女長が捕まったのだ。

心労はかなりのものだろう。

「ありがとう。確かにショックは受けたけど、ひとまず事件が解決したとなれば安心だわ」

そう、健気《けなげ》な笑みを湛《たた》える金華妃は、続いて視線を小恋の方へと向けた。

「あなたが、下女の小恋ね。噂《うわさ》は聞いているわ」

……それは、良い意味の噂だろうか、悪い意味の噂だろうか。

身構える小恋に対し、金華妃は慈愛に溢《あふ》れた笑みを浮かべた。

「先日から、この炎牛宮で色々と仕事をこなしてくれているそうね、ありがとう」

よかった――良い噂の方だった。

小恋は胸を撫《な》で下ろす。

しかし、わざわざ下女に挨拶に来るなんて、できた人だ。

「今日は、何をしているの？」

「はい、厨房の掃除、整理整頓……」

会話をしつつ、小恋はしっかり手も動かす。

「それと、害虫対策を」

「害虫？」

「はい、あ、それです」

そこで、小恋が金華妃の背後の壁を指さす。

必然、宮女達も含め、皆の視線がそちらに向けられた。

厨房の白い壁の上に、黒い何かがいる。

楕円《だえん》形の体に、左右に揺れる二本の触覚。

壁に張り付く細長い足。

そう、厨房につきものの害虫――ゴキブリである。

「き……きゃあああ！」

その虫の姿を見るや否や、悲鳴を上げる宮女達と妃。

彼女達の絶叫に反応し、ゴキブリが寒気がしそうな動きで壁を這《は》い上がり逃げようとする。

瞬間、小恋が跳躍。

床を蹴り、金華妃の頭上を軽々と飛び越え――。

「ハイっ！」

スパーン！　と。

片手に持っていた雑巾で、壁のゴキブリを思い切り叩《たた》いた。

そしてそのまま、ささっと迅速に丸めて見えないようにする。

小恋の華麗な手腕に、宮女達の間から「おお！」とどよめきが起きる。

体捌《たいさば》きは山での生活と、父との遊びの中で培った。

華麗な動きは、母が時々見せてくれた舞から教わったものだ。

「度胸があるわね」

「あたしなんて、あの虫を見ただけで体が震えて動けなくなっちゃう……」

ゴキブリを瞬殺した小恋に、宮女達は感心している。

「見慣れちゃえばどうってことないですよ。とは言え、厨房にゴキブリはつきものだし、どこからでも湧いてきますからね」

そこで、小恋は調理台の下に潜ると、ごそごそと何か探し始める。

「何を探しているの？」

金華妃がしゃがみ込み、小恋に問い掛けた。

「実は先日、別件でこちらの宮に仕事に来た時、ついでに仕掛けておいた害虫対策用の罠《わな》がありまして……あ、あった」

そこで小恋が取り出したのは、陶器のツボだった。

宮廷内の倉庫から見付けてきた代物だ。

口の小さいツボの中に砂糖水や野菜の切れ端なんかを入れて、更に口の周辺に油を塗っておく。

そうやって作った、簡単な害虫トラップである。

「あくまでも簡易的なものですけど、ゴキブリの数が多いと嫌でも罠にかかるものも多くなる……おお！」

ツボの中身を見て、小恋は感動したように声を上げた。

「ほら、こんなに捕れてますよ！　気持ちが良いですね！」

彼女が見せたツボの中にはどっさり、ひしめくゴキブリ達が――。

無論、それを見て、金華妃と宮女達は気を失い、その場に倒れてしまった。

◇◆◇◆◇◆

「よし、今日のお仕事も終わり！」

一日の作業を終え、報告書にサインももらい、小恋は帰路に就いていた。

炎牛宮を出て、下女の宿舎へと向かう。

その途中だった。

「よう、小恋」

「あ、爆雷《バオレイ》、久しぶり」

小恋は、爆雷に遭遇した。

「警邏《けいら》中？」

「いや、俺の当番は今終わったところだ」

あれから今日まで、妖魔絡みの仕事の方には呼ばれていない。

小恋が爆雷と会うのは、久しぶりのことだ。

そこで爆雷は、小恋を見て「そうだ」と呟《つぶや》いた。

「小恋、いいところで会ったな。今から衛兵の訓練施設で、模擬試合の鍛錬があるんだ。かなりの数の衛兵達が集まってる」

「うん？」

それが、どうしたのだろうか？

首を傾《かし》げる小恋に――。

「どうだ。お前も来ないか？」

「……ううん？」

そう、爆雷は当たり前のように誘ってきた。

◇◆◇◆◇◆

爆雷に連れられて小恋は、後宮を出て王城敷地内のある場所へとやって来た。

訪れたのは、武官の施設の一つ。

全体的に粗暴で武骨な雰囲気が漂う、正に男達の場所と言った感じだ。

後宮とは正反対である。

「へぇ……おお」

衛兵の扱う武器や、様々な鍛錬器具がそこかしこに見受けられる。

それらを目の当たりにし、小恋はちょっと懐かしい気分になった。

かつて父が語り、教えてくれた武器なんかも目に留まったからだ。

やがて、爆雷と共に到着したのは訓練場。

中からは、男達の気合の入った雄叫《おたけ》びや、何かがぶつかり合う音が響いてくる。

爆雷が扉を開けると、中には既に多くの衛兵達が集まっており、予想通り組手の訓練を行っていた。

「何やってたんだ、爆雷！　もう鍛錬は始まってるぞ！」

「こちとら仕事帰りだ、大目に見ろ！」

衛兵の一人が、遅れてやって来た爆雷を凄い剣幕で叱責するが、爆雷も負けずに食って掛かる。

本当に血気に逸《はや》るな、この大猩々《ゴリラ》君は――と、小恋は隣で思う。

一方、訓練場内の衛兵達――強面《こわもて》で筋骨隆々の男達は、物珍しそうに小恋の方をじろじろと見る。

「ん？ そいつは何だ？」

爆雷の前までやって来た衛兵も、小恋に気付き小首を傾げる。

「後宮の下女だ」

「何故《なぜ》下女を……掃除でもさせるのか？」

「違う、訓練に参加させる」

真面目な顔で言った爆雷に、相手の衛兵はぽかんと呆《ほう》けた顔になる。

「下女だが中々の手練《てだ》れだ。面白いと思ってな」

瞬間――訓練場内に爆笑が響き渡った。

皆が声を上げて笑っている。

「ああん？ 何がおかしい」

「いや、そりゃそうでしょうよ」

訝《いぶか》る爆雷に対し、小恋は冷静に呟く。

武官の特訓に下女を呼び込むなんて、冗談にしても酷《ひど》い話だ。

というか、本気で参加させる気だったんだ。

見学程度だと思ってたけど。

「おい、下女、すまんな」

小恋達の前に立っていた衛兵は、目元を擦《こす》り、自身の頭を突《つっ》きながら言う。

「こいつはどうにも、こっちの方が少し足らない」

「あん？　どういう意味だ」

「はい、存じてます」

「お前もどういう意味だ」

殺気立つ爆雷を宥《なだ》めながら、小恋は――。

「でも、別にいいですよ、参加しても」

そう言った瞬間、場内のざわめきが止《や》んだ。

衛兵達が、胡乱《うろん》げな眼差《まなざ》しを小恋に向けている。

「私も、仕事以外の運動は久しぶりなので」

「おいおい、本気か？」

腕をグイグイ引っ張って、ストレッチを始めた小恋に、嘲笑交じりに衛兵は言う。

「場合によっちゃあ怪我《けが》じゃすまないぜ、お嬢ちゃん」

「はい、大丈夫です」

こちとら山生まれの山育ち。

擦り傷切り傷程度、日常茶飯事だ。

今更恐れるようなものじゃない。

「はぁ……おい、爆雷、お前が連れて来たんだから、お前が責任もって止め――」

まったく気後れしていない小恋に、衛兵も面倒臭くなったのだろう。

会話の相手を、爆雷に切り替えた――その時だった。

「いいぜ、俺が相手になってやる」

訓練場の中央に、一人の男が進み出て来た。

剃髪《ていはつ》に髭《ひげ》を生やした、見るからに厳《いか》つい巨漢だ。

「おい、丸牙《ガンガ》」

「武官の世界ってものがどれだけ厳しいか、教えてやる」

来い――と、その巨漢は小恋を手招きする。

どうやら、自分達が舐《な》められていると感じたらしい。

「相手は後宮仕えの女だぞ？　最悪のことになったら――」

「最悪どうなろうが、たかが下女一人だろう？　話は通せる」

「いいじゃねぇか、あいつも乗り気みたいだし」

なぁ、小恋――と、爆雷は軽快に言う。

そんな爆雷を、丸牙はギロリと睨《にら》む。

「爆雷、その小娘を捻《ひね》ったら、次はテメェだ。常日頃からテメェの態度は気に入らねぇ。しょうもない時間を俺達に使わせたことを詫《わ》びさせてやる」

「ああ？　やってみろよ、筋肉達磨《だるま》」

「……まったく」

ということで、試合をすることになった。

小恋は、舞台の中央に立つ。

周囲の衛兵達が、いまだに怪訝《けげん》な顔で向かい合った丸牙と小恋を見比べている。

身長差はまるで大人と子供。

体重に至っては、見ただけで何倍も違うとわかる。

「はじめッ！」

審判が声を上げた。

まるで兎《うさぎ》に獅子《しし》が襲い掛かるかのごとく、丸牙が小恋へと飛びかかる。

服を摑《つか》んで、そのまま押し倒して終了――を狙ったのだろう。

「ふんっ！」

しかし、丸牙の伸ばした手は、小恋の体を捕まえることはなかった。

可能な限り接近を許すと同時に、小恋は身を屈《かが》める。

頭上で、空を切る丸牙の大きな掌《てのひら》。

それを後目《しりめ》に、小恋は俊敏な動作で丸牙の両膝に蹴りを放った。

「ぐッ!?」

打撃自体のダメージは然程《さほど》でもないだろう。

しかし、関節を攻撃されたことにより、丸牙はその場で体勢を崩す。

瞬く間に小恋は丸牙の背中側に回り込むと、背後から彼の首に腕を回した。

「っ！」

丸牙とて、普段から首の鍛錬は行っている。

生半可な力で拘束されても、振りほどく自信があった。

しかし、小恋のチョークは解けない。

その上、的確だ。

首を絞められること数秒、丸牙の意識が明滅する。

「――！」

慌てて、丸牙は自身の首を絞めている小恋の腕をタップした。

小恋は拘束を解き、審判が呆気《あっけ》に取られながら「や、止め！」と試合終了の声を上げる。

勝者は、小恋。

場内がざわめく。

「大丈夫ですか？」

「……お、お前、一体……」

自身の首を摩《さす》りながら、丸牙はまだ判然としていない顔で小恋を見る。

「な、言っただろ」

と、場外から爆雷が言った。

「そいつは強いぞ。お前等《ら》じゃ歯が立たないくらいにな。なんせそいつは、妖魔を――」

「うるせぇぞ、爆雷！　なんでお前が偉そうなんだよ！」

したり顔で語り始めた爆雷に、周りの衛兵達が口々に文句を言い始めた。

「お前もどうせ、この下女に負けたんだろ！」

「ああ!?」

仲間達になじられ、爆雷も額に青筋を立てる。

爆雷、君、全然同僚と仲良くないんだね……。

「よし、次は俺だ！」

「このままじゃ王城武官の名折れだぞ、お前等！」

ということで、他の衛兵達も次々に小恋へ挑戦を申し込む。

しかし、次の相手も、その次の相手も、小恋によって倒されてしまった。

「つ、強い……」

本格的にざわつき始める衛兵達。

「よし、次は俺だ」

そこで、続いて舞台へと上がったのは、爆雷だった。

「え、なんで爆雷まで……」

「このままお前に負けたと思われてたんじゃ癪《しゃく》だからな、全力でぶっ潰させてもらうぞ」

ええ、なんなのこの男……。

自分から連れて来ておいて、自分勝手だな……。

「はじめ！」

審判が開始の合図を上げた。

「くたばれー！」「ぶっ倒されちまえー！」「お嬢ちゃん、ボコボコにしてやれー！」と、何故か一転して小恋を応援する声が渦巻き始める。

そんな中、小恋はじりじりと、爆雷との間合いを計る。

「おお！」

爆雷が飛び出し、攻撃を仕掛けてくる。

それらを回避する小恋。

爆雷の構えや体捌きには隙が多い。

しかし、小恋は彼の持つ規格外の膂力《りょりょく》を目の当たりにしている。

押さえ込まれたり、打撃を受けたりすれば、それまでだろう。

「ふっ」

早期決着が最善。

そう考えた小恋は、先刻丸牙に行ったのと同じ戦法を取る。

まず、自分に向けて振るわれた爆雷の腕を躱《かわ》しつつ、手を添え、その勢いを加速させる。

外から加わった力により、意図せず加速した自身の拳撃に、爆雷は思わず体勢を崩してしまう。

小恋は、そのまま爆雷の背後に回り込み、首にチョークを仕掛ける。

「チィッ!?」

最短で意識を飛ばすため、思い切り絞める。

止めるのは呼吸ではなく、血流。

血を止めれば、人間の意識は数秒で落ちると父が――。

「ぬぅがあああああああああああああ！」

しかし、そこで爆雷は雄叫びを上げ身をよじり、暴れることで首に巻き付いていた小恋の腕を無理やり引き剝がす。

「！」

規格外の馬鹿力。

なんて怪力。

腕を振りほどかれた小恋の体が、無理やり投げ飛ばされた。

「むむ！　あれは古代に途絶えたはずの伝説の形象拳、大猩々拳！」

「知っているのか、磊田《ライデン》！」

そこで、観戦中の衛兵達の中にいた、謎の二人組がそんな会話をし出した。

誰だよ、あんた達。

小恋は空中で身を翻すと、床に着地する。

「うおおおおおおおおおおおお！」

その小恋目掛けて、爆雷が突進してくる。

しかし、チョークが効いていたのだろう。

視界が定まっていない。

体勢が隙だらけだ。

「勝機！」

突っ込んできた勢いを逆に利用し、小恋は、爆雷の顎を蹴り抜いた。

「ぐはッ！」

綺麗《きれい》に顎先を蹴り抜かれ、床の上を転がっていった後、爆雷は動かなくなった。

審判が試合終了の合図を出す。

観客達から歓声が上がった。

爆雷、君、どれだけ嫌われてるんだよ。

「ぬぅ……」

そこで、さっき話をしていた二人組の一方――風変わりな髪型の衛兵が、動かなくなった爆雷の傍《そば》にやって来て、しゃがみ込むと――。

「……湾汰漣《ワンターレン》、死亡確認！」

「勝手に殺すな！」

そして、起き上がった爆雷にぶん殴られ、吹っ飛ばされた。

だから誰だよ、あんた達。

◇◆◇◆◇◆

そうして、なんやかんややっている内に、衛兵達の鍛錬の時間は終了となった。

小恋は衛兵達に囲まれ素性やら何やら色々聞かれたが、明日も仕事があると断り早々に帰ることにした。

「悪かったな」

宿舎まで送っていく——と言った爆雷と共に就いた帰路。

その途中で、彼はそう小恋に呟いた。

「いきなり連れて来ちまってよ」

「いいよ、楽しかったし。ただ……」

そこで、小恋は気になったことを爆雷に聞いてみた。

「爆雷、君同僚と仲良くないの？」

「武官なんて、基本どいつもこいつも我の強い連中ばっかだ。舐められるわけにいかねぇからな。生意気なこと言ってくる奴《やつ》は基本どついてる」

この男、組織人としての自覚が無さすぎる。

……まぁ、私も似たようなものだけど、と、小恋は嘆息する。

そんな会話を交えている内に、下女の宿舎も目の前という場所までやって来た。

その時だった。

「ん？」

何か小さな、丸いものが、こっちに向かって走ってくる。

とたとたとたとた、と。

『ぱんだー！』

「あ、パンダ」

その正体は、ひょんなことから小恋が預かり、今宿舎で世話をしている子パンダだった。

走って来た子パンダは、そのまま小恋に飛びつく。

「迎えに来てくれたのかな」

「しかし、本当に何者なんだ、こいつ」

正体不明の謎のパンダに、爆雷も訝しげな顔になる。

「爆雷、小恋」

そこで、何者かに背後から声を掛けられた。

小恋と爆雷は振り返る。

そこに立っていたのは、黒い総髪を首の後ろで一つに纏《まと》めた、目付きの鋭い男性。

内侍府《ないじふ》長の、水《スイ》だった。

彼のいきなりの登場に、小恋はびっくりする。

「内侍府長！」

と、流石《さすが》の爆雷もかしこまる。

「どうして、こんな場所に」

「先日捕らえた副宮女長の件について、伝えたいことが……」

そこで、水は小恋の胸の中の子パンダに気付く。

「……まさか、こんな所にいたとは」

「内侍府長、この子を知ってるんですか？」

水が、黙ってパンダの背中を指さす。

白い毛並みの中に、黒い毛の星形の模様がある。

「この模様……このパンダは、先日から行方知れずになっていた、皇帝陛下のペットだ」

「……え？　このパンダちゃんが？」

『ぱんだー！　ぱんだー！』

「ああ、行方不明になったと陛下のお付きの者達が大慌てだったが……まさか、こんな所にいたとはな」

小恋の腕の中で、ぴこぴこ四本脚を動かしている子パンダ。

それを見ながら、水は溜息《ためいき》を吐《つ》く。

「……いや、その話は一旦措《お》いておこう。小恋、その子が逃げないように抱きかかえておいてくれ」

「はい」

ということで、パンダをむぎゅっと抱っこする小恋。

『ぱんだ～♪』

当のパンダは楽しそうである。

「今日お前達に伝えに来たのは、先日捕縛した、炎牛宮の副宮女長に関する話だ」

周囲に人影がないことを確認し、水は小恋と爆雷に報告を始める。

「尋問の結果、幾つかの事実が判明した。炎牛宮の副宮女長と、その仲間の宦官《かんがん》。今回の事件の主犯であるこの者達の裏には、やはり黒幕がいるようだ」

「あの妖魔達、やっぱり誰かの手先だったたってことか」

爆雷が呟く。

彼女と、その仲間の宦官は二人とも飛頭蛮《ひとうばん》という妖魔だったが、後宮に潜んでいたのは誰かの命令だったということだ。

「その黒幕とは一体……」

「……確定とは言えないが、可能性が高いのは、おそらく十二の州の長《ちょう》の誰かだろう」

「州公、ですか?」

あの夜に、爆雷と小恋の話していた推測の一つが、当たったということか。

いや、水の発言も、あくまでも推測の内の一つという感じだが。

「自分の州を代表する妃に、皇帝の子を産ませるため、他の州の妃達を陥れようとする……そういった陰謀は、昔からある。後宮は、女の戦場だからな」

水は語る。

自分の州の代表となる妃が皇帝の本妻……皇后となれば、必然的にその州も強い力を持つ。

どこの州も、皇帝を射止めるために必死だ。

「でも、そのためにまさか、妖魔を使って……」

「以前の月光妃《げっこうき》の件もある。これから、後宮内の抗争に妖魔が深く関わってくる可能性は高い」

水は、自身の口元に手を当て思案する。

「……妖魔という存在が、今まで大きく取り上げられることは無かった。それはひとえに、今の宮廷の人間達が妖魔という存在を熟知せず、また《退魔士》を邪道の者のように見てきたからだろう。考えを改めねばならぬ点が、今回数多く発見された」

「それで、副宮女長は黒幕の正体をまだ喋《しゃべ》ってないんですか？」

小恋が問うと、水はこくりと頷《うなず》く。

「だったら、一刻も早く尋問を進めてかねーとってことだな。内侍府長、何だったら俺も手を貸しますよ」

「いや、爆雷に尋問なんて繊細な仕事ができるわけないでしょ」

「………」

そこで、水は口を閉ざし、眉間に皺《しわ》を寄せる。

「内侍府長？」

「……その件に関し、問題が起こった」

水の発言に、爆雷は疑問符を浮かべる。

一方、小恋は何かを察し、怪訝な顔になった。

「まさか……」

「今朝、副宮女長は牢《ろう》の中で死んでいた」

水の発言は、想定していた通りの内容だった。

「死んだ!?　自害したんですか！」

爆雷が叫ぶ。

「いや、原因はわからない。自害用の毒等が無いか、事前に検査はしてあった。拘束をして見張りもつけていた……おそらく、〝消された〟のだろう」

「……どういう方法が使われたのかわからないとなれば、また妖魔の仕業とも考えられますね」

「その通りだ」

ともかく——と、水は繋《つな》げ。

「これから、事件の数も増える可能性が高い。もしくは現在進行形で、後宮内で起こっているいくつかの問題には、その組織や妖魔が絡んでいることも考えられる。お前達の力を借りることも、増えるだろう」

水は、まず爆雷を見る。

「爆雷。お前は、引き続き後宮の警邏に従事してもらいたい。お前の判断で怪しいと思うことがあったなら、遠慮せず言ってくれ。拳《クオン》には許可を取ってある。少なくとも現状、小恋以外で妖魔に関する事件を解決した者の一人だ。最適任はお前しかいない」

「はっ！」

水は続いて、小恋を見る。

「小恋。お前も下女としての仕事を行いつつ、時には力を貸して欲しい」

「はい！」

「……さて」

以上で、報告は完了したようだ。

水はそこで、小恋に抱き着いている子パンダを見る。

「この子は、私が皇帝の下に返そう……」

言って、水が腕を伸ばし、子パンダの体を掴む。

しかし――。

『ぱんだ～！』

子パンダは、小恋に引っ付いて離れない。

「え？　ちょっとちょっと、皇帝陛下のところに帰れるんだよ？　ごはんとか寝床とか、もっと良いものがもらえて……」

『ぱんだ！』

瞬間、げしっと、子パンダは水の顔に後ろ足で蹴りを食らわした。

小恋と爆雷が、背筋を凍らせる。

「おまっ！　なんつーことを！」

「申し訳ありません、内侍府長！」

慌てる爆雷と小恋。

しかし、対して水は。

「……なるほど」

と、何かに納得したように、小恋に引っ付いている子パンダを見る。

「どうやら、お前に懐いてしまったようだ。しばらくは、お前が世話をさせてもらうといい」

「へ？」

一転して、水は引き下がった。

「あまり、表沙汰にはしないようにせよ。いいな？」

「あ、はい」

そして、水は去っていく。

その背中に、二人は礼をする。

「……内侍府長、お前にはやけに優しい気がするんだがな」

「そうなのかな？」

◇　◆　◇　◆　◇　◆

——深夜。

「楓花妃《ふうかき》様の最近のご様子は、どうですか？」

場所は、炎牛宮。

草木も寝静まり、静寂と、星々の光が空を覆う、そんな夜。

仄《ほの》かな燭台《しょくだい》の灯が照らす――ここは、寝室。

金華妃の寝室である。

「……楓花妃とは、入宮の挨拶以来、会っていない」

寝台の上。

煽情《せんじょう》的な姿で、寝具の上に寝そべる金華妃が、隣で上半身を起こしている男性へと、語る。

「そうですか……彼女の陸兎《りくと》宮は、今大変な状況ですものね。皇帝陛下を迎え入れられる状態ではないのでしょう……」

「……………」

「前に一度、楓花妃様を見た時、大層やつれていらっしゃったので……信じたくはありませんが、宮女や宦官達が噂している〝呪い〟のせいなのでしょうか?」

悩まし気に語る金華妃。

この後宮において、他の妃を配慮する発言は、甘さとも捉えられるかもしれない。

しかし、金華妃は心の底から心配している。

「彼女の宮も、手入れがされずボロボロのようで……」

「しかし、宮女や宦官達は気味悪がって陸兎宮へ近付こうとしない。どう手立てを講じるか」

「……あ、そうだわ!　小恋なら！」

そこで、金華妃の漏らした名前に、傍らの男性が反応する。

「……小恋？」

「はい。小恋という、最近宮廷に入ったばかりの下女が、この炎牛宮の様々な場所を綺麗にしてくれたり、最近起こっていた怪死事件を解決してくれたりしたのです。こうして、皇帝陛下が我が宮へと再びいらしてくれるようになったのも、その者のおかげ」

「……解決した？　下女がか？」

「ええ、もともと山育ちで、かなり強いという噂もあって――」

とても頼もしそうに語る金華妃の言葉を、彼――。

夏国《シア》、現皇帝は、興味深く聞き入っていた。

◇◆◇◆◇◆

「ふっふふ～ん」

ある日のこと。

本日、お休みをもらっていた小恋は、下女の宿舎近くの庭で、焚火《たきび》をしていた。

と言っても、ただ何の目的も無く火を熾《おこ》しているのではない。

ちゃんとした理由があるのだが――。

『ぱんだー！』

そこで、聞き覚えのある鳴き声が聞こえて、小恋は顔を上げる。

「あ、パンちゃん」

先日から、小恋が預かっている子パンダ（命名：パンちゃん）が、こっちにとてとてと走ってくる。

自分の部屋で寝ていたはずなのに……どうやって出て来たんだろう？

「本当にあの子、神出鬼没だなぁ。下女の宿舎からもちょくちょく消えるし」

嘆息しながら、そう呟いた小恋。

と、そこで。

「……ん？」

パンちゃんの後ろに続くように、誰かがこちらに近付いてくる。

誰だろうか？

男性だ。

白銀の髪に、同じ色の瞳を持つ――美しい男性。

身に纏っている衣服や装飾品、それらすべてから気品と高級感が窺《うかが》える。

この王城にやって来て、宦官や衛兵……一応、多くの男性を見て来たが、それらの者達とは明らかに一線を画している。

見ただけで、わかる。

『ぱんだ～！　ぱんだ～！』

パンちゃんも、彼を警戒していない。

むしろ、男性が手を下げて頭を撫でている様子から、非常に懐いているように見える。

不思議な雰囲気の人物だ。

気付くと、その男性は小恋のすぐ真横に来ていた。

「えーっと、あの……」

動揺する小恋。

一方、男性は小恋の前の焚火に視線を向ける。

「これは、何を燃やしているんだい？」

荒々しくもなく、静やかでもない。

自然で、頭の中にすっと入ってくる声だった。

「え？　ああ、植物の根を燃やしてるんです。灰を取り出すために」

「灰？」

「はい」

……シャレみたいになってしまった。

男性の方も、それに気付いたのか、「ふっ」と少しだけ噴き出していた。

……なんだろう。

見た目からは別次元の存在みたいな印象を受けるのに、その所作や表情は、どこか子供のように親近感を覚える。

「灰を取り出して、何に使うんだい？」

「洗剤を作るんです」

「洗剤？」

「植物の根を燃やして灰を取り出し、その灰から灰汁《あく》を抜いて、そこに色々な脂を加えて手作りの洗剤を作るんです。この洗剤、汚れがよく落ちるので。まぁ、私の故郷の山の中で見付け出した植物や、色々調合した脂を使えば、もっと良いのが作れるんですけれど」

小恋の話を、男性は興味深げに聞いている。

「で、えーと、すみません」

なんだか自然に会話してしまったけど、彼は一体何者なのか。

小恋が尋ねようとした――その時だった。

「こっちの方から、煙が上がっていると聞いたが……」

そこに、数名の宦官がやって来た。

そして、焚火をしている小恋を発見すると。

「おい、下女！　お前、何をしている！」

目を吊《つ》り上げて近付いてくる。

「あちゃー、もしかして、叱られちゃう感じかな？」

そう、小恋が呟いた――そこで。

「……ん？」

宦官達は、動きを止めた。

彼等は、小恋の隣の人物を見て、完全に停止する。

そして、次の瞬間。

「こ、こここここここ、皇帝陛下!?」

叫び、みんな、大慌てでその場に平伏した。

「な、ななな、何故このような場所に！」

「き、貴様！　下女！　何をしている！　頭が高いぞ！」

「………」

小恋は、視線を隣に向ける。

先程まで小恋の話を楽しそうに聞いていた顔ではない。

男性は、真意の見えない無表情と化していた。

……この人が。

「皇帝、陛下?」

「そうか、お前が小恋だったか」

皇帝は、小恋を見下ろし、言う。

「お前に一つ、下したい命がある」

第四章 陸兎宮《りくとぐう》の楓花妃《ふうかき》

「私に……皇帝陛下が自ら、命？」

突然のことに、小恋《シャオリャン》も動揺を隠せない。

「貴様！　いいから早く頭を下げろ！」

宦官達《かんがんたち》が、相変わらず怒りながら命令してくる。

今、彼女達の前には一人の男性がいる。

白銀の髪に白銀の瞳を持つ、どこか超然とした雰囲気の男性。

この夏国《シア》の支配者——皇帝陛下、だという。

ジッと——彼の瞳が、小恋を見下ろす。

小恋は慌てて、その場に膝をついて平伏した。

「下女、小恋。お前に、命を下す。我が妃の一人、楓花妃の住む陸兎宮へと向かえ」

「陸兎宮……」

自分の出身と同じ州だ——と、小恋は呑気《のんき》に思った。

「そこで、楓花妃の身の回りの世話に従事せよ」

「は……あの……ええと」

「口答えするな！　いいから、黙って従うのだ！」

宦官達が必死に叫ぶ。

この場で、無知な下女に無礼を働かせるわけにはいかないという、強い意志を感じる。

まぁそれは措《お》いといて――小恋は、彼等《ら》の言う通り黙って頷《うなず》いた。

「………」

皇帝は、そんな小恋の姿を黙ってしばらく見据えると――。

「……お前達は戻れ」

と、宦官達に指示を下した。

「下女、こちらに来い」

そして、小恋を連れてその場から離れようとする。

「陛下!?　そのような下女とどちらに……」

「陛下の下知を怠らぬよう、我々が目を光らせますのでご心配は――」

いきなりのことにあたふたと、宦官達が皇帝を止めようとする。

そんな宦官達も、皇帝が一睨《ひとにら》みすると、慌てて「ははー！」と頭を下げて引き下がった。

『ぱんだ！』

パンちゃんが、小恋の太ももあたりをポムポムと叩《たた》く。

小恋は黙って立ち上がると、先を進む皇帝の後へと続いた。

◇◆◇◆◇◆

「……」

下女の宿舎から少し離れ、王城内にある竹林の中を進む。

小恋は、黙々と先行する皇帝の後ろを、ただ付き従う形となっていた。

しかし……この方が、皇帝陛下。

髪の色も目の色も、まるで異国の人間のようだ——と、小恋は思う。

そこで不意に、皇帝が足を止めた。

慌てて小恋も立ち止まる。

「すまなかったな」

振り返る皇帝——その顔は、先程まで宦官達を前にしていた時の厳格でどこか機械的なものではなく、最初に小恋と会った時のような、自然なものに戻っていた。

「家臣の手前、あんな態度を取ってしまった」

「あ、いえ、大丈夫です。気にしていませんので」

態度から硬さが抜けた皇帝に、小恋も平素のキャラに戻る。

「って、申し訳ありません。なんだか、凄《すご》く失礼な言い方しちゃいましたね、私。山育ちで教養が無いので……」

「大丈夫だ。私も気にしていない」

皇帝は、ふふっと口元のみで笑う。

「雨雨《ユイユイ》を世話してくれていたんだな、ありがとう」

「ユイユイ?」

『ぱんだ～!』

パンちゃんが、皇帝の足元でコロコロと転がっている。

なるほど――どうやら、パンちゃんの本当の名前は、雨雨というらしい。

「先程の命だが」

皇帝は、そんな雨雨を微笑《ほほえ》まし気《げ》に見下ろした後、小恋を見る。

「はい」

「金華妃《きんかき》から、お前の評判を聞いた。それを見込んで頼みたい。楓花妃を助けてやって欲しい」

真剣な表情で、皇帝は言う。

「これは命令というよりも、私自らの依頼に近い。頼んだぞ」

「……………」

「さて、雨雨。そろそろ帰ろう」

『ぱんだ!?』

そこで、皇帝の言った言葉に、雨雨はびっくりして立ち上がってしまった。

『ぱ、ぱんだ～?』

小恋と皇帝を交互に見て、目をぐるぐると回し。

『ぱんだ～！』

と、しまいには頭を抱えてしまった。

かなり悩んでいる様子だ。

「はは、冗談だ。皇室の中では退屈だったのだろう。気が済むまで遊ぶと良い」

そんな雨雨に、皇帝は言い。

「いいかな、小恋」

「あ、はい」

そうして、皇帝は去っていった。

「なんと言うか……最初から最後まで、謎な雰囲気の人だったな」

まぁ、それが殿上人——皇帝陛下なのだろう。

◇◆◇◆◇◆

さて、そのような経緯があって、翌日。

「えーっと……ここ、だよね」

小恋は早速、陸兎宮を訪れていた。

『ぱんだ！』

その後ろには、雨雨がてふてふと付いて来ている。

今回の、皇帝陛下自らが後宮の下女に直接命令を下すという事態は、やはり異例だったのだろう。

あの後すぐ、小恋は内侍府《ないじふ》長の水《スイ》に呼び出されていた。

「……まさか、陛下が直接来るとはな」

内侍府長の執務室の執務机の上で、水も頭を抱えていた。

「なんというか……自由な方なんですか？」

「……ここは陛下の邸宅、宮廷だ。邸宅の主が、自身の家の中を歩き回ることは別におかしなことではないが、しかし、下女に直接会いに来るなど……」

まぁ、いい、済んだことは。

と、水は小恋への説明を開始した。

現在、陸兎宮の楓花妃は第十一妃。

第十二妃は、大降格&放逐となった塁犬宮《るいけんきゅう》の月光妃《げっこうき》なので、実質最下位である。

「それには様々な理由があるのだが……おそらく、自身で会って見てみるのが一番だろう」

と、水は言っていた。

「……とは聞いていたけど」

そして小恋は現在、陸兎宮を訪れ、彼の言葉の意味を理解した。

ボロボロだ。

掃除がきちんとされていないのか、廊下は埃《ほこり》だらけで、あちこちに不要な荷物や何やらが放置されている。

庭の雑草も伸び放題で、庭園が台無しになっている。

ところどころ雨漏りの跡もあるし、老朽化か破損か、ともかく天井や床が壊れているところも多い。

単刀直入に言って、汚い。

こんな宮に、皇帝陛下を招くことなんてできるはずがない。

それになんだか、昼間だというのに宮全体が薄暗く、湿っている印象を受ける。

汚い上に、薄気味悪い。

「仕えているはずの宮女の姿もどこにも見当たらないし……」

どうなってる?

その人達は、仕事をしていないのか?

疑問に思いながら、小恋は宮の奥――妃の部屋へとやって来た。

「楓花妃様。小恋、参りました」

扉越しに、挨拶をする。

………。

……応答は無い。

扉を開ける。

窓を閉め切った薄暗い部屋の中、寝台の上に、人影が見える。

「……誰じゃ?」

「……え」

子供だった。

おそらく、小恋よりも年下だろう。

長い黒髪は縛りも整えもせず、ぼさぼさ。

汚れてシワシワの、寝間着姿。

寝台の上で、ゆっくり体を起こす。

まだ年端も行かない――子供。

「えーと、楓花妃様？」

「……何の用じゃ？」

楓花妃は、心底ダルそうな声で言う。

眠たそうに、半眼で小恋を睨みつけながら。

「こんな呪われた宮に、客人とは」

「呪い？……えーっと、初めまして、下女の小恋です。宮の掃除とか色々、それと楓花妃様の身の回りのお世話をしに参りました」

楓花妃は、胡乱《うろん》げな目で小恋をじっとり見詰めると。

「……いらぬ」

そう、掠《かす》れた声で呟《つぶや》いた。

「妾《わらわ》は誰の助けもいらぬ。お前も帰れ……どうせ、妾を呪われた宮のダメな妃と思っているのじゃろう」

「…………」

なんだか腐っちゃってるな、この子。

小恋は、寝室の中を見回す。

この部屋も、ゴミ屋敷と化している宮と同様の惨状だ。

至るところの汚れはもちろんのこと、衣服や食器、残飯が散乱している。

なんという汚部屋。

確かに、これは呪いの宮だ。

いるだけで病気になりそうである。

「……ふ～～」

深く深く、小恋は溜息《ためいき》を吐《つ》く。

――そして。

「はいはいはいはいはい！　掃除しますよ、掃除！」

パンパンと手を叩き、寝室の窓をバーン！　と開け放った。

小恋のいきなりの行動に、寝台の上で楓花妃はびくっと体を揺らす。

「まずはこの部屋です。あーもー、不健康ったらありゃしないね、こりゃ。さ、立って立って」

「な、何をするのじゃ無礼者！」

寝台の上の楓花妃を、小恋はひょいっと持ち上げる。

もの凄く軽い。

大丈夫かな？　この子、ちゃんと食べてる？　と不安になるくらいだ。

何はともあれ、楓花妃をペッと外に追い出し、小恋は不潔な寝室の掃除を始める。

――やがて、掃除は終了。

「い、一瞬で綺麗《きれい》になったのじゃ……」

しばらく宮の中をうろついていた楓花妃が戻ってくると、寝室の中を見て驚いている。

寝具の類は、一通り交換し、使用済みのものは洗濯して干した。

床や壁、天井も、この前作った洗剤なんかを使い、綺麗に。

ゴミや不要物はまとめて捨て、散らばっていたものは整理整頓。

とりあえず、寝室は元に戻った感じか。

「さてと、とりあえずまともな部屋ができ上がったところで。楓花妃様、ちょっとお話を――」

と、小恋が口を開こうとした――その時だった。

『ぱんだー！』

雨雨が、何かに反応している。

見ると、大きな白い塊が、ふもふもと動きながら寝室の中に入って来た。

妖魔!?――と、一瞬身構えたが、どうやら違う。

「う、ウサギ？」

それは、兎《うさぎ》だった。

普通の小さな兎とは違う、真っ白い毛で覆われた真ん丸の兎だ。

「……陛下からの贈り物じゃ」

そこで、楓花妃が呟く。

「陛下が、各宮の妃に、故郷の州の名を冠した贈り物をされたのじゃ……妾は陸兎州の出ということで、北国の兎らしい。寒さに強くなるために、体が大きいのじゃと」

「へー」

『ぱんだ！』

雨雨が、前脚で兎をつつく。

ズボッと、もこもこの兎の毛の中に脚が沈み込んだ。

『ぱんだ〜！』

ちょっとパニックになってしまった。

ちなみに、兎の方は無反応である。

◇◆◇◆◇◆

小恋が陸兎宮を訪れ、楓花妃の寝室を掃除した後。

彼女と色々と話をしたい小恋だったが、楓花妃は「これ以上、何も話すことは無い」「掃除、ありがとう。帰ってよいぞ」と言って、寝台に横たわってしまった。

それ以降は何を言っても無視なので、小恋は仕方なく――陸兎宮内の他の掃除を進めることにした。

とは言え、宮は広大だ。

大金持ちのお屋敷一つ分の広さなのである。

当然、小恋一人で手の回るものではない。

しかし、他にやることも無いので、できる限り掃除を進めること――半日。

時は夕刻――普段ならば、一日の業務の終了時間だ。

「流石《さすが》、妃の宮、私一人じゃできる範囲が限られるね」

額の汗を拭う小恋。

しかし、それだけ酷《ひど》い状態で長い間放置されていたということだ。

これが宮廷の一角、皇帝の妃が暮らす後宮の宮の一つと言って、誰が信じるだろうか。

お化け屋敷と言った方が納得されるだろう。

「小恋です」

小恋は、楓花妃の寝室に戻る。

扉の前でそう名乗るが、返事は無い。

「開けますよ」とだけ断って、小恋は扉を開けた。

「焼け石に水かもしれませんが、掃除をしてきました」

「……まだおったのか」

寝台の上で、楓花妃が寝転がったまま小恋の方を振り返る。

（……しかし……）

陸兎州の妃、楓花妃。

身形《みなり》は何とか整えようとしているようだが、着付けやら何やら、お付きの者がいないせいで手が回っていないのか、やはりみすぼらしい印象を受ける。

さっき片付けた衣服も、汚れに加え、ところどころ虫食いの穴も空いていた。

服装だけでなく、顔色も悪い。

見るからに、不健康そうだ。

「専属の宮女はいらっしゃらないんですか？」

「……皆ここには近付かぬ。何名か残っていたが、その者達も出入り禁止にした」

……それじゃあ本当に、この広大な陸兎宮の中で、彼女は独りぼっちということか。

そりゃ宮は劣化するに決まってる。

そもそも、彼女の言う〝呪い〟とは何なんだ？

何が原因で、この宮から人がいなくなってしまったのだ？

「………………」

考えることは多々ある。

だがしかし、今、小恋が何より気に掛けているのは、今にも死んでしまいそうな楓花妃の姿だ。

「……よし、とりあえず、そろそろ晩御飯にしましょう。何か食べたいものはありますか？　といっても、私が作れるものには限りがありますけど――」

「食べぬ」

たった一言、そう言って、楓花妃はゴロンと小恋に背を向けた。

「へ？　いやいや、どうして。お腹《なか》の具合が悪いんですか？」

「食べると、太る」

掠れた、病人のような声で、楓花妃は言う。

「……妃たるもの、もっと美しくあらねばならぬ。そのためには、痩せねば……」

「……楓花妃様は、今おいくつですか？」

「十四歳じゃ、それがどうした」

「……………」

皇帝の気を引くために、どうすればいいのか。

色々考えて、頑張ろうとしているのだろう。

でも、から回りしている。

なんだろう。

やはり、異常だ――この宮も、この妃も。

「この宮は呪われていると聞きましたが……何があったのですか？」

「……知らぬのか？」

「はい。後宮に来たのも最近なので」

「……妾が入宮するのと同じ頃からじゃった、この宮で、嘘《うそ》かまことか……いくつもの怪奇現象が起こりはじめたのじゃ」

楓花妃は語る。

「……それ以来、この宮には妖魔が住み着いていると言われ、仕えていた宮女も宦官も、恐れて皆逃げてしまった」

ふっ……と、楓花妃は笑う。

どこか、歪《ゆが》んだ笑みだった。

「……最近は、夜になると呼びかけておるのじゃ。妖魔よ、いるなら出て来いと。妾と友達になろうと」

「友達？」

「そうじゃ」

卑屈に笑う。

目が淀《よど》んでいる。

「妖魔と友達になり、他の宮にも呪いをかけてやるのじゃ。他の妃達も同じ目に遭わせてやるのじゃ」

「………」

「そうすれば、妾だって……」

瞬間。

小恋は寝台に大股で歩み寄ると、そんな楓花妃の頭を、ぺしんっ！　と叩いた。

「ふにっ！」

いきなりのことに、楓花妃は頭を押さえて飛び起きる。

「な、何をするのじゃ無礼者！」

「しょうもないこと言ってないで、まずは自分の体のことを考えてください！」

言って、小恋は楓花妃の体を持ち上げる。

「にゃ！　にゃにを！」

「嘘みたいに体が軽いと思ったら、その歳《とし》でご飯食べないで痩せようなんて自殺行為でしょ！　ほら、まずは食事！　空腹だから心が追い詰められて変なこと考えちゃうんですよ！」

「ええい、食べぬ食べぬ！　そもそも、この宮の調理場には食材も何も無い！」

「まったく……」

バタバタと暴れる楓花妃を、寝台の縁に座らせる。

「ちょっと待っててください」

小恋は陸兎宮の調理場へと向かう。

……ここも汚い。

しかし、調理場がこんな状態になっているのは、予想していた通りだ。

小恋は昼間の内に、あらかじめ宮の外に出て、いくらかの食材を用意しておいたのだ。

加えて、倉庫にあった中華鍋とお玉も。

「そんなに手の込んだものは作れないけど、ま、いいでしょ」

小恋は火を熾《おこ》し、調理を始める――。

◇◆◇◆◇◆

――しばらくして。

「はい、お待ちどおさまー！」

「ひっ！」

楓花妃の寝室へと戻ってきた小恋。

その両手にお盆を持って、それぞれに料理を載せている。

「りょ、料理を作ったのか？」

「もらってきた余り物の食材を使って、鍋でササッと作った程度のものですけどね」

小恋は、卓の上に皿をドンと置く。

「う……！」

それを見て、楓花妃が思わず声を漏らした。

油で炒《いた》めた肉、野菜、卵、そして米。

更に、嫌でも食欲が増す独特の香ばしい匂い。

「これは……」

「にんにくを使ったチャーハンですよ」

「そ、そんなもの食べるわけにはいかぬ！　絶対に太るではないか！」

慌てて、にんにくチャーハンを視界に入れぬように目を逸《そ》らす楓花妃。

「そう言うと思って、余った野菜でスープも作ってきましたよ」

小恋が、楓花妃の前にもう一つ皿を置く。

刻んだ野菜を使った、薄味のスープだ。

「これくらいなら、胃にもやさしいと思いますし」

「ぬぅ……」

「じゃ、いただきまーす」

言うが早いか、小恋は自分の分のチャーハンをレンゲで取り分け、「はむっ」と頬張る。

「ん～～！　やっぱり一日の労働の後のごはんは格別ですね！」

「………」

楓花妃はゆっくり、野菜のスープをレンゲで掬って口に運ぶ。

「うっ……！」

おそらく、ろくに食べていなかったのだろう。

久方ぶりに食道を通った温かく美味な味わいに、楓花妃は思わず唸《うな》る。

少量のスープは、すぐに飲み干してしまった。

しかし、そのせいで胃が活性化したのか――楓花妃のお腹がグーグーと、小恋にも聞こえる程の音量で鳴り始める。

目の前には、湯気を立てる一人前のにんにくチャーハン。

多分、口の中も涎《よだれ》が止まらない状態だろう。

「あー、おいしいなー、おいしいなー、いいんですか？　楓花妃様。こんなおいしいにんにくチャーハンを目の前にしながら食べられないなんて、世が世ならきっと拷問の類ですよ？」

「うぐぐぐ……」

利那、楓花妃の中の何かが弾けた。

レンゲに手を伸ばし、チャーハンを口の中いっぱいに頬張る。

「う！……ふぐぅ、お、おいしいのじゃ！」

「でしょでしょ」

誘惑に負け、楓花妃はお腹いっぱいチャーハンを食べる。

そして、満腹になったのだろう。

とても満ち足りた顔で、お腹を摩《さす》っていた。

「……はっ！　し、しまった！」

そこまできて、自分が取り返しのつかないことをしてしまったことに気付く。

「ううう……今までの苦労が水の泡じゃ」

「大丈夫ですよ。明日の朝から早起きして、一緒に運動をして健康的に痩せましょう」

「え？」

疑問符を浮かべる楓花妃。

「あ、そうか」と、そこで小恋は説明する。

「申し訳ありません、説明がまだでしたね。この度、皇帝陛下からの勅命で楓花妃様の身の回りのお世話をすることになりましたので、しばらくはこちらで生活させていただきます」

「……皇帝陛下が」

「そもそも、楓花妃様は今育ち盛りなんですから、下手に食事を抜くとか、そういった方法はやめた方が良いですよ」

「……わかったのじゃ」

満腹になり、心に余裕ができたのだろう。

楓花妃は、素直にこくりと頷いた。

『ぱんだー!』

するとそこに、雨雨と、あの大きな兎がやって来た。

小恋が、仕事が終わるまでそこらへんで遊んでくるように言ったのだ。

「……雪《シュエ》」

兎は、楓花妃の下へ近付いていくと、その手の甲に頬擦りする。

「……空腹と苛立《いらだ》ちでお前を蔑《ないがし》ろにしたのに、お前は妾を心配してくれていたのじゃな。それなのに、妾は……」

楓花妃は、兎——雪を持ち上げて、そのもこもこの体毛に顔を埋《うず》める。

「……ありがとう、雪」

涙を浮かべ、呟く楓花妃。

きっと、これが彼女の本当の姿。

本当は、無垢《むく》で優しい少女なのだ。

「すまぬな、小恋……ここまでしてくれたのに、失礼なことばかり」

「いえいえ。確かに大変ですよね。宮に関して変な噂《うわさ》が流れるし、このままじゃ皇帝を迎えられませんし」

「……妾は、頑張らねばならぬのじゃ」

そこで、楓花妃はすっと表情を押し固める。

「そなた、出身は」

「楓花妃様と同じ、陸兎州です」

「そうか、ではそなたもわかるであろう？　陸兎州は、とても貧しい州じゃ」

小恋は、陸兎州の片田舎の山の中で育った。

だから州全体のことに関してはほとんど知らないが、それでも陸兎州がこの国の中ではあまり良い扱いを受けていないことは知っている。

「妾が皇帝のお気に入りとなって、父上を、民達を……州を救わねばならぬのじゃ」

「……大変な事情ですね」

そんな重い宿命が、この幼い少女に背負わされてしまっている。

小恋は、素直に思う。

些細《ささい》なことでも、彼女を助けてあげたいと。

「楓花妃様と皇帝陛下が、問題無くお会いになれるように。微力ながら、私もお手伝いいたしますよ」

◇◆◇◆◇◆

「聞いたか？　陸兎宮の話」

場所は――後宮内部の、内侍府の一角。

後宮に仕える者達が多く行き交う、大通りの廊下である。

そこで、三人の宦官達が何やら噂話をしている。

「あの呪われた宮か？」

「下女が一人派遣されたそうだ」

それを聞いた宦官が、苦笑する。

「下女？　下女がたった一人で何ができる」

「その下女も不幸だったな」

「他に行く者がいないからな。宮女達は気味悪がって近寄らないし」

「それでも残った宮女達も、楓花妃様が追い出したのだろう？」

「楓花妃様も哀れだな。まだ幼いのに皇帝に嫁がされ、しかも、あんな騒動ばかりの呪われた宮に来てしまうなんて」

「噂じゃ、随分やつれているそうだぞ。飯もまともに食っていないらしい」

「きっともう、おかしくなってしまったのだろう」

「ああ、怖い怖い……いてっ！」

と、身震いの真似《まね》をしていた宦官が、痛みを感じて頭を押さえる。

「どうした？」

「つぅ……何かいきなり……」

宦官が頭から何かを抜く。

「なんだ、それは？」

「楊枝《ようじ》じゃないか」

「ど、どうして楊枝が刺さっている！　ど、どこから……」

「まさか、陸兎宮の話をしていたから、呪われたんじゃ……」

（……アホか）

と、そんな彼等の横を通り過ぎながら、小恋は嘆息する。

ちなみに、宦官の頭に刺さっていた楊枝は、小恋がさりげなく、指の間に弦を張り、それを使って飛ばしたものだ。

即席の弓矢である。

「しかし……」

仕事の準備がてら、人通りの多いこの場所に陸兎宮の噂を探りに来たが、悪い噂ばかりが耳をつく。

そこで、小恋の耳に、また別の宦官達の会話が届いた。

「そういえば、水内侍府長が、近々《退魔士》の組織に相談を持ち掛けるそうだ」

（……ん？）

気になる内容に、小恋は耳を欹《そばだ》てる。

「《退魔士》？　大丈夫なのか、あんな胡散臭《うさんくさ》い連中」

「わからん……内侍府長も、何をお考えなのか……」

どうやら、内侍府長が本物の《退魔士》に応援を要請するようだ。

まぁ、妲己《だっき》と言い、飛頭蛮《ひとうばん》と言い……この後宮の中に妖魔がいるのは既に疑いようのない事実だ。

唯一の情報源だった、あの炎牛《えんぎゅう》宮の元副宮女長……飛頭蛮は仲間に消された。

今はとにかく、何かしらの手掛かりが欲しいのだろう。

「……あ、そうだ」

先日の夜のことを思い出していた小恋は、そこであることを思い付いた。

◇　◆　◇　◆　◇　◆

「おや？」

小恋が風呂敷に荷物を詰め込み陸兎宮へ戻ってくると、楓花妃の寝室の周りに人だかりができていた。

「楓花妃様！」

宮女達だ。

彼女達は、寝室の前に出てきた楓花妃を取り囲み、心配そうな表情で声を掛けていた。

「お体は大丈夫なのですか!?」

「いきなり食事も取らず寝室に閉じ籠ってばかりになってしまわれて、とても心配しておりました！」

「皆の者、すまなかった」

そんな彼女達に、楓花妃は申し訳なさそうに言う。

「妾のことを心配してくれていたのに、追い出すような真似をして……」

「そんな、わかってますよ、楓花妃様」

「本当は、私達に呪いの危険が及ばないように、あえて宮から遠ざけるよう命令したのでしょう？」

「お優しいのですから」

どうやら彼女達は、楓花妃に仕えていた宮女の中でも、本当に楓花妃のことを案じている者達のようだ。

「あ、小恋！」

そこで、楓花妃は小恋が戻って来たことに気付く。

タッタッ、と小恋の隣に駆け寄ると、宮女達の方を向く。

「皆の者、紹介する。この者は、後宮で働く下女の小恋。この者が、妾の目を覚まさせてくれたのじゃ」

「あなたが？」

小恋がぺこりとお辞儀すると、宮女達が驚いたように目を丸くする。

たかが一介の下女が、何故《なぜ》楓花妃と――と、そう思ったのだろう。

「実はですね――」

そこで、小恋は事の経緯を説明する。

皇帝陛下から勅命を受けたこと。

それによって、この宮を訪れ、下女でありながら宮女のように楓花妃の身の回りのお世話をするようになったこと。

「そう、わざわざ皇帝陛下が……」

そこで、二人の宮女が小恋の前へと進み出た。

「初めまして、私は陸兎宮の宮女長を務めている真音《マオン》」

「あたしは妹で、副宮女長の紫音《シオン》。よろしくね」

「よろしくお願いします」

――似ていると思ったら、姉妹だったのか。

二人と握手する小恋。

「下女でありながら、わざわざ皇帝陛下に指名されて直々に命を受けるなんて、実はかなり信頼されているのかしら？」

「まぁ、金華妃様が？」

「いやぁ、炎牛宮で働いていたことがあって、それが金華妃様から皇帝陛下に伝わったようで」

真音と紫音をはじめ、他の宮女達もざわざわとし出す。

「そういえば、炎牛宮も最近、例の怪死事件の騒ぎが収まって皇帝陛下のお渡りが再開したと聞いたわ」

「あなた、もしかしたらとても縁起の良い人なのかもしれないわね」

宮女達が、どこか期待の籠った視線を小恋に向けてくる。

「この宮の呪いも、解いてくれたりして」

「はい、そのつもりです」

誰かの言ったさりげない台詞《せりふ》に、小恋は反応する。

「え？」

「皇帝陛下の命ですから、この宮を再生させたいと考えています。楓花妃様と相談して、その手始めに皆さんに帰って来てもらいました。人手が必要なので」

小恋が、言い放つ。

一方、それを聞いた宮女達の反応は……どこか不安な様子が窺《うかが》える。

「でも、大丈夫なの？　危険じゃない？」

「ええ、呪いを解くなんて……そんな……」

「私達にどうこうできるようなものじゃ……」

彼女達は、この宮で起こる怪奇現象の心配をしているのだろう。

先程は冗談であんなことを言っていたが、本当は呪いや妖魔の存在を恐れているようだ。

ちなみに、陸兎宮内に妖魔の気配が無いか、小恋は既に探知を行っている。

少なくとも現在、宮内に目立った妖魔の気配は無かった。

けれど、彼女達は自分が何を言っても安心はしないだろう。

「ご安心ください。今日はそのために、頼りになる助《すけ》っ人《と》に来てもらっています」

「え？」

小恋が言った、そこで。

「小恋、一通り見回ってきたが、不審者の類はいねぇな」

一人の男が、廊下の先から現れた。

「あと、あのパンダどこ行ったんだ？　また消えたのか」

「多分、どっかに遊びに行ったんだと思うよ。自由奔放だから」

改めて、小恋は宮女達に彼を紹介する。

「衛兵の狼爆雷《ラン・バオレイ》です。この宮の警護に来てもらいました」

「妖魔が出ようが俺がぶっ倒す。この宮で妙なことが起こらないよう、俺が警邏《けいら》させてもらうぜ」

先程、小恋が思いついた妙案がこれだ。

本来なら、男性の衛兵が後宮内をうろつくなんて許されないのだが、爆雷《バオレイ》は特別である。

今回、水内侍府長にお願いし、彼にも手助けに来てもらったのだ。

「衛兵の方がいてくれるのね」

「それなら、大丈夫かも……」

と、宮女達も少しは安心してくれた様子だ。

◇◆◇◆◇◆

というわけで、みんなで手分けして陸兎宮の掃除を開始する。

人員は十数人程度の宮女達と小恋だけ。

人数としては、当然、他の宮に比べれば心もとない。

しかし――。

「凄い動きね……」

「流石」

小恋の素早い、テキパキとした働きっぷりを見て、感心する宮女達。

「私達も負けてられないわよ！」

と、触発された宮女達も頑張った結果、汚屋敷は徐々にではあるが、元の清潔さを取り戻し始めた。

「おお……どんどん綺麗になっていくのじゃ」

皆の作業を手伝いながら、楓花妃は感動したように声を漏らした。

「いいんですよ、楓花妃様は、わざわざ手伝ってくださらなくても」

「ゆっくりお休みになってください」

「何を言う。これも立派な運動なのじゃ。部屋に閉じ籠っている方が体が鈍《なま》ってしまうのじゃ」

と、楓花妃も頑張り——一通り掃除が完了。

「とりあえず、これでゴミ屋敷と呼ばれる代物ではなくなったと思いますよ」

「よかったのじゃ」

廊下に立って綺麗になった内部を見回しながら、小恋と楓花妃は一緒に喜ぶ。

「あらあら、これはこれは」

するとそこで。

二人の前に、誰かがやって来た。

「ん？」

小恋は、眉を顰《ひそ》める。

現れた人物は二人。

その一方は、女性だ。

編み上げられた綺麗な髪に、化粧の施された美貌。

高身長、すらりと伸びた長い足。

身に纏《まと》った衣装を翻し、美麗な様相を見せている。

「あ」

と、楓花妃が反応する。

「珊瑚妃《さんごき》様」

（……この人が……）

小恋も名前くらいは知っている。

後宮に住まう十二人（現在十一人）の妃――その一人。

第六妃、白虎宮《びやっこ》の珊瑚妃。

その後ろには一人、黒い布で口元を隠した宦官のお付きがいる。

「何事かと思って来てみれば、荒廃していた陸兎宮が随分綺麗になったわね」

「珊瑚妃様、あの」

「心配していたのよ、楓花妃様」

珊瑚妃は、その細い腰を曲げ、楓花妃に顔を近付けて言う。

「ここ最近、悪い噂ばかり聞いていたから……元気になられたのね？」

「はい、ご心配おかけいたしましたのじゃ」

ぺこり、と頭を下げる楓花妃。

「あら？」

そこで、珊瑚妃が何かに気付いたように言う。

「減量《ダイエット》はやめてしまったの？」

びくっと、楓花妃は体を揺らす。

「輪郭の線が、以前のように戻っているわ。皇帝陛下を魅了するためには、もっと痩せて美貌を磨かなければ、と言ったのに」

「そ、それは……」

「ご心配なく」

しどろもどろになった楓花妃に代わり、そこで、小恋が口を挟んだ。

「きちんとした食事と運動で、健康的に痩せる計画を立てていますので」

小恋は思う。

この珊瑚妃、先程から言葉には出していないが、どうも楓花妃への態度が気に掛かる。

「あら？　下女かしら？　この宮に何か雑用で来たの？」

「ええ、お仕事で」

「ふぅん」

目を細める珊瑚妃。

「あ、思い出したわ。貴女《あなた》確か、月光妃様に無礼を働いて宮女から降格になった、小恋という名の下女じゃない？」

「おい、何の騒ぎだ？」

そこに、爆雷が偶々《たまたま》通りかかった。

「……噂の『雑用姫《ざつようき》』に加えて、問題児の衛兵まで……ふふっ、変わった宮に様変わりしましたわね」

小恋と爆雷を交互に見ると、珊瑚妃は微笑を湛《たた》え——。

「それでは、楓花妃様。また、お会いしましょう」

「あ、はい」

そう言って、お付きの宦官を引き連れて帰って行く。

「……珊瑚妃様とは、以前から交流を？」

「うむ。珊瑚妃様は、いつも妾を心配してくれている。好《い》い人じゃ」

「……ふぅん」

小恋は、珊瑚妃とお付きの宦官が去って行く後ろ姿を見る。

（……そうは見えなかったけどなぁ）

『ぱんだー！』

「わっ！」

そこで、小恋は足元に、子パンダと、真っ白な丸い兎がいることに気付く。

雨雨と雪だった。

「おお、宮の中を見回りしてたら、そいつらがどこからともなく現れたんだ」

爆雷が言う。

「二匹とも、どこに行ってたの？」

小恋がしゃがみ込み、雨雨と雪を見る。

二匹とも、今朝あたりから揃《そろ》って姿が見えなくなっていたのだ。

「宮から出て、どこかに遊びに行っていたのかな？　自由奔放で神出鬼没だからなぁ」

『ぱんだー』

『うさうさ』

「……ん？」

そこで、小恋は自身の耳を疑う。

雨雨が喋《しゃべ》るのは知っているが、なんだか今、雪の方も何か言っていたような……。

『ぱんだー』

『うさうさ』

『ぱんだー！』

『うさうさ』

……完全に喋ってる。

「どうしたのじゃ？　小恋。雪がどうかしたのか？」

「あ、楓花妃様……この子って普段から喋れるんですか？」

「へ？」

『うさうさー』

と、雪が楓花妃の足にすりすりと体を寄せる。

「……きぃぃぃゃあああ！　喋ったぁぁぁ！」

やっぱり、普通ではないようだ。

楓花妃は驚き、そのまま腰を抜かしてしまった。

「おい、小恋。どうなってんだ？　この後宮の動物共は」

「知らないよ」

まさか、雨雨と一緒にいたから、雪も喋れるようになったとか？

そんな馬鹿な……。

……いや、待て。

そういえば、飛頭蛮を倒しに行った夜——小恋が妖魔の気配を探知した時、最初に感知した強い妖気を追ったら、雨雨と出会ったのだ。

その後、別の気配を察知したところ、そちらが飛頭蛮だった。

「まさか……」

小恋は『ぱんだー！　ぱんだー！』とはしゃぐ雨雨を、じっと見詰めていた。

◇　◆　◇　◆　◇　◆

さて。

真音や紫音をはじめとした、戻って来た宮女達の協力も得て、陸兎宮内の掃除はだいぶ進展した。

小恋は遂《つい》に、陸兎宮再生計画を開始する。

「けれど、具体的には何をするの？」

陸兎宮の一室に集まった宮女達は、小恋を前に皆困惑している。

まぁ、彼女達にとっては、きっと馴染《なじ》みの無い作業だ。

そこで、小恋は説明する。

ここは呪われた宮と言われており、ほとんどの人間は気味悪がって近付かない。

宮女や宦官だけでなく、大工や職人なんかも警戒して来やしないだろう。

なので、小恋が陣頭指揮をとることにしたのだ。

「まぁ、増改築《リフォーム》ですね。この宮の壊れているところや悪いところを、直したいと思います」

「そんな大規模なこと……私達だけでできるのかしら？」

「大丈夫です。危ない仕事は私と、あと彼がやりますので」

「あん？」

そこで小恋は、ぼうっと突っ立っていた爆雷を指して言う。

「なんだ、俺を都合よく使おうって魂胆か」

「当たり前じゃん、そのために呼んだんだから」

「お前な……」

グッと顔を近づける爆雷。

強面《こわもて》の彼が至近距離に来れば、男女問わず大概の人間は萎縮してしまうことだろう。

しかし、小恋は目線を逸らさない。

「衛兵の稽古に無理やり参加させたりしたんだから、私のお願いだって聞いてよ」

真《ま》っ直《す》ぐ見詰めたまま言い放つ小恋に、爆雷も嘆息を返す。

「……しょうがねぇな」

「今度は、私が料理をおごるからさ。にんにくチャーハンで良い？」

「良い。大好物だ」

そんな小恋と爆雷のやり取りを、宮女達はまじまじと眺めていた。

「……？　何か？」

「いいえ、衛兵と仲が良いのね、小恋」

「後宮の女は、むやみやたらに男性と仲良くしちゃいけないから。なんだか新鮮」

と、宮女達は盛り上がっている。

さて。

というわけで、早速協力して増改築作業を開始することになった。

小恋が倉庫から持ってきた材木や道具を使って、壊れている床板や柱を補修していく。

加えて、先日炎牛宮の物置部屋を片付けた時の要領で、綺麗に清掃もする。

更に、小恋と爆雷は協力し、雨漏りしている天井も補修する。

「さてと……ん？」

修繕作業を行いながら、宮内を見て回っていた小恋。

そこで、少し気になる場所を発見した。

「ここら辺、なんだかカビが生えてますね」

廊下の一角、そこだけ、壁や床に黒い斑点がある。

なんだか、ジメッとした空気を感じる。

普通なら日の光が差し込む場所に、明らかに邪魔な壁があるのだ。

これでは日当たりが悪い上に、空気の流れも良くない。

「この壁……邪魔ですね。壊せないんですか？　そもそも、なんでこんなところに壁が？」

小恋は、一緒にいた楓花妃を振り返って問う。

「その壁は、右府大臣様の詩が記されたありがたいものなので、壊せないのじゃ」

楓花妃が説明する。

なるほど、確かにこの壁には、ミミズがのたくったような筆跡の書が書き込まれている。

右府大臣とは、まぁ簡単に言ってしまえば、皇帝に次ぐぐらい偉い人のことだ。

「この宮が完成した時に、詩に造詣の深い右府大臣様が記念に記したということで……」

つまりは、お偉いさんの気紛《きまぐ》れということか。

「よし、壊しましょう、こんな邪魔なもの」

「ええ!?」

即答する小恋に、楓花妃は驚きの声を上げる。

「爆雷、パンチ」

そして有無を言わせず、爆雷が鉄拳で粉砕した。

「な、ななな……よ、良いのか？　こんなことをして……」

「まぁ、何か言われたら私と爆雷が勝手に壊しましたと言ってもらえれば大丈夫です」

「いや、全然大丈夫じゃねぇだろ、それ」

ぽかんとしている楓花妃を前に、さっさと撤去作業を進める小恋。

壊れているところだけでなく、おかしなところや機能的不備も、ちゃっちゃと直していく。

更に――。

「小恋、こんな感じでいいのかしら？」

何人かの宮女達が、衣類を入れる籠を持ってくる。

それらの籠は、通常の籠とは違い、上に被《かぶ》せる蓋以外にも、横にパカッと開く扉がつけられていた。

小恋が作った見本を参考に、宮女達に細工してもらったものだ。

「横も開くようになったけど、これに何か意味があるの？」

「場所を取らないよう籠を積んで使う時、例えば下の方の籠に入っているものはいちいち上の籠を下ろさないと取り出せないじゃないですか？　これならいくら積んでも、下の籠のものも横から取り出せるんです」

そう言われ、宮女達は「なるほど」と納得する。

要は、積み上げた籠を箪笥《たんす》のようにも使えるということだ。

「衣類なんかを片付ける時便利なんですよ。例えば、季節の服を交換する時とか、いちいち暑い季節の服と寒い季節の服を入れ替えたり、大掛かりな衣替えをしないで済みますし、好きな時に好きな場所から服を取り出せるので」

「箪笥ほど重く大掛かりじゃないから、バラバラにして簡単に移動したりもできるわけね」

「へ～、良いアイデアね」

と、皆感心していた。

◇◆◇◆◇◆

そんな感じで作業を続け、夜。

「ふぅ～……皆さん、今日はお疲れさまでした」

とりあえず、今日の作業は終了。

陸兎宮の状態は、かなり改善……それこそ、正常に戻り始めていた。

「小恋、本当によく働くわね。凄い体力」

「色々と斬新なアイデアを持ってるけど、どこで学んできたの？」

作業が終わると、真音や紫音をはじめ、宮女達が小恋を囲み色々と話を聞いてくる。

その時だった――。

「キャァァァアっ！」

「……え？」

――どこからか、悲鳴が聞こえた。

「なに、今の……」

「悲鳴？」

「はい、確かに聞こえました」

困惑する宮女達の一方、小恋と爆雷はすぐに意識を切り替える。

「……そういえば、調理場の方に、夕食の準備をしに行った子が……」

「爆雷！」

「おう！」

瞬間、小恋と爆雷は走り出す。

先程、悲鳴が上がったと思われる場所――調理場へと向かう。

しかし、そこに人はいない。

すぐに外へ出て、調理場の周辺を探索――。

「いた！」

軒先の中庭に、一人の宮女が倒れているのを発見する。

すぐさま、小恋と爆雷は彼女へ駆け寄る。

「どうした！」

「あ、ああ……衛兵様……」

完全に怯《おび》え切った様子で、宮女は声を振り絞る。

「お、襲われました……」

「襲われた？　何者にですか？」

小恋が問う。

「な、なにもの？……ありえない、だって、あの顔は……」

その小恋の質問に対し、宮女はまるで自問自答するように繰り返し……やがて、その名を口にした。

「……鉄凍郷《フー・ドンシャン》」

「ああ？」

その名を聞き、思わず爆雷が鼻白んだ。

「爆雷、知ってるの？」

「……罪人だ」

爆雷は言う。

「殺人の罪で投獄されて、先月処刑された。あの、鉄《フー》のことを言ってるのか？」

「はい……間違いありません……偶然、私は連行されていくところを見掛けたのですが……あの顔は忘れません……」

自身の体を抱きしめ、震える宮女。

その様子から、錯乱し見当違いなことを口走っているとも考えにくい。

「死んだはずの罪人が、現れた？」

そこで、小恋と爆雷は気付く。

その場に、他の宮女達も到着を果たし、そして襲われた彼女の話を聞いていたようだ。

「また怪奇現象が……」

「やっぱり、呪われてるんだ……」

「呪われた宮に吸い寄せられて、死者の怨念が現れたんじゃ……」

「落ち着いて。なんで罪人の怨念がこの宮の人間を襲うんですか」

冷静に、小恋は言う。

おそらく、これはきっと、この宮を貶《おとし》めんとする悪意を持った妖魔……。

もしくは、妖魔を操る同様の何者かの仕業だと思われる。

（……けど、今のままじゃ手掛かりが無さすぎる……）

◇◆◇◆◇◆

——翌日。

「鉄凍郷の悪霊が現れた……か」

「はい。ですが、別の可能性も考えられます」

内侍府、内侍府長執務室。

小恋と爆雷は、早速、昨夜起こった現象を水へ報告に来ていた。

「確かに、鉄の処刑は先月行われた。その死は確実に報告されている……となれば、悪霊と考える他ないか」

「現状では情報が無さすぎますが、おそらく同様の事件が今後も陸兎宮で起こるでしょう。私と爆雷で対処したいと思います」

「うむ……わかった」

水が頷く。

その時だった。

「水内侍府長」

執務室に、数名の宦官がやって来た。

どこか慌てている様子だ。

「何の騒ぎだ?」

「大変です。〝例の者達〟が、内侍府長に会わせて欲しいと――」

（……例の者達?）

小首を傾《かし》げる小恋。

その視界に、宦官達を押しのけ、数名の男達が現れた。

「失礼する!」

何やら怪しげな服や装飾品を纏い、顔や腕に奇怪な文様の入れ墨を入れた男が、三名。

「我々は対妖魔殲滅《せんめつ》組織、《退魔機関》より参った！　内侍府長殿、報告された相談事の件！　是非とも詳しくお聞かせ願いたい！」

第五章　《退魔機関》

「話は聞かせてもらった！　この後宮は滅亡する！」

……………。

いきなり現れて何を言ってんだこいつらは。

内侍府《ないじふ》長の執務室にドカドカと入って来た《退魔士》は、三名。

怪しげな衣装や装飾品の虚飾に満ちた、三十代くらいの男達《たち》だった。

「内侍府長殿、この後宮に妖魔が出たとのご報告感謝いたします！」

三人組の真ん中に立つ、小柄で坊主頭の男が声高に叫ぶ。

小恋《シャオリャン》は耳をふさぎ、爆雷《バオレイ》は怪訝《けげん》な顔になった。

純粋にうるさい。

一方で、三人組の別の一人——手に大きな数珠を持った男が、その数珠を鳴らしながら四方八方を見回している。

「ぬぅ……先程から怪しい雰囲気を感じる……間違いなく、この後宮には妖魔がいる！」

この男は動作がいちいちうるさい。

「それに、今の話も聞かせてもらったぞ。昨夜、宮内に悪霊が出たと。これは途轍《とてつ》もなく危険な事態！　このまま放っておけば、確実にこの後宮はおろか、宮廷……皇帝陛下にまで危害が及ぶのは確実！」

三人目は、髭面《ひげづら》で高身長の男。

眉毛も濃い。

背中に、柳葉刀《りゅうようとう》を背負っている。

「だが、我々が来たからにはもう安心だ！　此度《こたび》の問題は、我々対妖魔殲滅《せんめつ》組織《退魔機関》が解決する！」

「ついては内侍府長殿、王城、後宮をはじめとした、宮廷内への出入りの許可。皇帝陛下への進言。報酬の面などについて詳しく……」

髭面の男が言いたいことを言った後、さぁ本題とばかりに最初の坊主頭の男がゲスい話を囁《ささや》きだした。

魂胆がまる見えだ。

「いきなり現れて性急に話を進めるとは……困った方々だ」

水《スイ》が、額を押さえながら言う。

「皇帝の身にも関わりうる緊急事態ゆえ、悠長に構えてはおれぬのでな」

髭面の男が、居丈高に言う。

「……確かに、貴殿等《ら》の言うことも一理ある。だが、待って欲しい。今回の件は、この者達に一任しようと考えている」

そこで、水は小恋達を指し示しながら言う。

《退魔士》達は二人を見ると、「ふんっ」と小馬鹿にしたような顔になった。

「冗談を言ってはいけません。こんな《退魔士》でもない少女達に、何を任せられましょうか」

「悪いことは言わない。素人が首を突っ込むのは自殺行為だ。我々専門家に任せろ」

当然だが、《退魔士》達は聞かない。

小恋は面倒そうに嘆息する。

「ああん？」

一方、彼等の物言いが爆雷の逆鱗《げきりん》に触れたようだ。

「おい、さっきから聞いてりゃ好き勝手言いやがって。上等だ、実力不足かどうか思い知らせてやる」

こぶしを鳴らしながら、《退魔士》達に食って掛かる。

彼は彼で、短気すぎる。

「ここじゃ迷惑だ。表に出ろ」

「そうだな、その方が良い」

すると、《退魔士》達はさっさと爆雷に背中を向けた。

「あ？」

「迅速に動くとしよう。では、早速その問題のあった宮に参ろうじゃないか。君が案内してくれるのだな」

「……ああ!? おい、こっちはそんなこと一言も言ってねぇぞ!」

爆雷の言葉など無視して、《退魔士》達はドカドカと執務室から出ていく。

小恋と爆雷が、慌てて彼等の後を追いかける。

「なんだあいつら、全然人の話聞かねぇじゃねぇか!」

これぱっかりは爆雷が正しい。

◇◆◇◆◇◆

ということで、《退魔士》達は小恋と爆雷の制止の声も聞かず、内侍府の建物から外に出た。

「勝手だな、もう……」

小恋は、キョロキョロと周囲を見回す《退魔士》達に悪態を吐《つ》く。

なるほど、以前爆雷から聞いた話の通りだ。

何故《なぜ》、宮廷は《退魔士》の組織に協力を要請しないのか。

こんな連中が来るんじゃ、仕方がない。

「で、その問題の宮はどちらかな? 案内人」

坊主頭の男、数珠の男、髭面の男が偉そうな態度で小恋と爆雷を振り返る。

「時間が無い。今この瞬間にも被害者が出ているかもしれないのだぞ? つべこべ言わずに、案内しろ」

「……おい、いい加減にしろ、お前等」

流石《さすが》に、爆雷の堪忍袋の緒が切れたようだ。

全身から怒気を立ち上らせながら、彼は三人に詰め寄る。

ぶちぶちにブチ切れてる。

「今すぐ一発ずつ俺に殴られた後、ここから失《う》せろ。お前等の指図なんか受けねぇし、お前等に頼るつもりもねぇ。妖魔の問題は俺とこいつで解決する」

そう言って、爆雷は小恋の肩を叩《たた》く。

「こいつには妖魔を探知する力があるし、戦闘力もある。お前等の仕事なんざハナッからねぇんだよ」

「妖魔を……探知？」

すると、爆雷の説明を聞いた《退魔士》達が、三人揃《そろ》って呆《あき》れたような表情になった。

なんだろう？　何か、変な発言があっただろうか？

「まったく、何をいい加減なことを――」

「へぇ、それは面白い」

そこで――その場に何者かの声が響き渡った。

《退魔士》達三人のものでも、小恋のものでも、爆雷のものでもない。

聞き覚えのない、声。

その声は、全員の頭上から降って来た。

皆が見上げる。

内侍府の建物の屋根の上に、一人の男が座っていた。

道士に似ているが、全体的に黒を基調とした怪しい雰囲気……そんな衣装を着ている。

長い黒髪を後ろで一つに束ね、顔に《退魔士》達と同様の入れ墨が入っている。

顔立ちは整っているが吊《つ》り目だ。

どこか、狐《きつね》を連想させる。

「烏風《ウーファン》！　貴様、消えたと思ったらそんなところで何をしている!?」

屋根の上の男――烏風に向けて、坊主頭の男が叫ぶ。

「どこに行っていた!?」

「どこにも。ただここにいただけさ。あんた達と同類だと思われたくないのでね」

どこかうんざりした顔で、烏風は吐き捨てる。

「勝手な行動をするな！　今日貴様を連れて来たのは、仮にも我等《機関》の中でも五本の指に入る実力者である貴様を宮廷に売り込む意味もあって――」

「ああ、嫌だ嫌だ、そういう下らない政略に付き合わされるこちらの身にもなってほしいね」

はーあ、っと溜息《ためいき》を吐く烏風。

「……それよりも、さっきの話は本当かい？」

ふわり。

気付けば、烏風は小恋の目前に着地していた。

「妖魔の気配を探知できる……それは本当かい？　思い込みや勘違いじゃなく？　それとも、まさかそれが君の《退魔術》なのかい？」

「《退魔術》？」

聞き慣れない単語に、小恋は小首を傾《かし》げる。

「……嘘《うそ》は吐いていない目だ。なんだ、本当に何も知らないのか？　果たして才能なのか、紛《まが》い物《もの》なのか……」

ははは、と、烏風は軽快に笑った。

「面白い。ならば、その実力を確かめるとしよう」

「おい、烏風、何を勝手に――」

坊主頭の男が何か言おうとしたが、それを烏風が目で制す。

「どうやら、この子達はあんた達を信用できないようだ。けど、あんた達もこの子達に任せて引き下がるのは嫌なんだろう？　せっかくの大仕事、太い客を摑《つか》むチャンスが来たのだから」

烏風は言う。

「だから、勝負するのはどうだろう？」

「勝負？」

小恋が呟《つぶや》くと、烏風は笑顔で頷《うなず》く。

「そう。君達と彼等。後宮側と《退魔士》側。どちらが先にこの問題を解決できるか」

烏風は再び、視線を《退魔士》達に向ける。

「《退魔機関》が勝利すれば、それがそのまま実力と信用の証明になる。今後の宮廷の問題は《退魔機関》を頼ってもらえばいい」

逆に──と続け。

「《退魔機関》が負けたら、大人しく引き下がる。四の五の言わず、言われたことだけ協力すればいい」

「ちょっと待て、烏風」

そこで、髭面の男が言う。

「仮に勝負するとして、お前はどちらに付く気だ」

「私はどちらにも付く気は無いよ、あえて言うなら審判かな」

「そんなことだろうと思った……勝負だのなんだのと言って、貴様が単純に働きたくないのと、楽しみたいだけだろ！」

小恋が烏風を見る。

烏風は明後日《あさって》の方を向いていた。

「おい！　聞いてるのか烏風！」

「あー、うるさいうるさい。でも互いの利害が一致してるんだし、いいじゃないか。どうせ力を合わせて協力体制なんてできるわけないんだし。何か問題があるかい？　早速、宮廷側の代表者に提案を──」

「わかった」

そこに、水もやって来る。

「《退魔機関》、貴殿等の協力に関して考え直していたところだが……今言ったような勝負という形でなら、陸兎宮《りくと》への立ち入りを許可しよう」

「本気ですか、内侍府長」

爆雷が思わず聞き返す。

それに対し、水は頷く。

「良い機会だ、連中の実力を測り、お前達の実力も測る物差しになる。どちらに転ぼうとも、問題が解決できればそれ以上のことは無い。それに……」

そこで、水が小恋を見る。

ん？　なんだろう？

「……それでいいか？」

少しの間の後、水は小恋に問うてきた。

「え？　まぁ、別にいいですよ。邪魔さえされなければ、やること自体は変わらないと思うので」

と、いうわけで。

《退魔機関》vs小恋・爆雷。

どちらが今回の宮の問題を早く解決するか、勝負となった。

◇
◆
◇
◆
◇
◆

そして、時間は経過し――。

日が沈み、昨日宮女が悪霊に襲われた時と同じ時刻が迫る。

小恋と爆雷、そして《退魔士》達は陸兎宮へとやって来た。

宮女達や楓花妃《ふうかき》には、できるだけ外出せず一塊でいるように朝の内に指示していたので、小恋と爆雷は彼女達の下に行く前に、敵が出現した際の入念な打ち合わせをすることにした。

《退魔士》達は、宮内を見回ってくると言って行ってしまった。

「……で、なんで、お前はこっちにいるんだよ」

「昼間にも言っただろう？　あいつ等と一緒にはいたくないんだ」

そしてこの場には、烏風もいる。

「あなた達……えーっと、《退魔機関》って、あまり内情はよくないんですか？」

「ははは、まぁ、色々とあるんだよ」

小恋が聞くと、烏風は皮肉っぽく答えた。

「今の《退魔士》の組織なんてものは、そのほとんどが、紛い物が本物を駆逐し、偽者がハバを利かせて、結果腐敗してしまった集団なんだ」

「……？」

「ふんっ、ここにいたか」

そのタイミングで、小恋達の前に三人の《退魔士》達が戻って来た。

「まったく、あの内侍府長も疑《うたぐ》り深い。大人しく我々に任せておけばいいものを……」

「どこに行ってたんですか？」

なんとなく嫌な予感がして、小恋は《退魔士》達に問い掛ける。

「ああ、宮女達に、宮内で普通に行動するよう指示してきた」

「……は？」

髭面の男の言葉に、小恋は絶句する。

「昨日被害に遭ったのは宮女なのだろう？　なら、標的が引き籠っていては悪霊も活動を起こさない。いわば、悪霊をおびき出すための撒《ま》き餌《え》だな」

「我等がいくら言っても言うことを聞かなかったが、そこの小恋《小恋》娘の名前を出したら大人しく従ったわ。礼を言っておこう」

「お前等、超ド級のクソ馬鹿か!?　何やって――」

「シッ、爆雷、落ち着いて。大丈夫」

キレる爆雷に対し、小恋は即座に探知を開始していた。

「もしも怪しい気配を察知したら、すぐにすっ飛んでくよ」

小恋は意識を集中させる。

全身の神経を逆立て、皮膚感覚の全てを妖魔の探知に向ける。

――瞬間、気配を感じ取った。

「……！　あっちだ！」

――と、小恋が叫んだ瞬間、真逆の方向から悲鳴が聞こえた。

「おい、小恋！」

《退魔士》達は悲鳴の方に意識を向けているが、小恋は自分が感知した方向に走り出している。

「おお！　釣れたぞ！」

その後を、爆雷が追いかける。

「何している！　悲鳴は向こうだぞ!?」

「放っておけ！　我等だけで対処すればいい！」

そんな二人には目もくれず、《退魔士》達は悲鳴の方に向かう。

「おい、いいのか！　確かに向こうから悲鳴が聞こえたぞ！」

「〝あっち〟は大丈夫だよ、多分だけど。仮に何かあったとしても、あの人達がどうにかしてくれるでしょ」

爆雷の懸念を、小恋は無害と判断。

二人は、自分達の目的地に向けて疾走する。

「……………」

そして、一人残された烏風は、数秒の黙考の後――小恋達の後を追いかけ始めた。

◇　◆　◇　◆　◇　◆

数十秒後――小恋と爆雷は気配の発生源に辿《たど》り着く。
「こ、来ないで！」
「楓花妃様、お逃げください！」
前方を見ると――廊下の先に、数名の宮女達が。
加えて、彼女達に守られるようにして、楓花妃の姿があった。
（……信じられない、楓花妃様にまで外に出るよう命令してたのか、あの《退魔士》ども！）
怒ると同時に、小恋は気付く。
そんな彼女達に襲い掛かろうとしている、大柄な熊のような男の姿がある。
「鉄《フー》だ！」
爆雷が吼《ほ》える。
あれが、処刑された罪人、鉄凍郷《フー・ドンシャン》。
まさか、本当に悪霊なのか？
（……か、どうかは、これで確かめる）
瞬時、小恋は服の下から弓と矢を取り出す。
矢を番《つが》え、発射――。
命中。
放たれた矢は空気を切り裂き――鉄の頭を、真横から貫いた。
衝撃で、鉄の体勢が崩れる。

「ああ！　小恋！」

「小恋じゃ！」

「みんな大丈夫⁉」

小恋の姿を確認し、楓花妃と宮女達は安堵《あんど》の声を漏らす。

しかし、瞬間、頭に矢が突き刺さった状態のまま、鉄が呻《うめ》き声《ごえ》を上げながら起き上がった。

「んだ、ありゃあ！　生きてんのか死んでんのかどっちだ⁉」

爆雷が叫ぶ。

更に、異変は続く。

廊下の軒先――庭の方から、物音が。

瞬く間に、更に一人、二人、三人……何人もの男達が、獣のように唸りながら現れ、楓花妃と宮女達を取り囲み始めた。

「なんだ、あいつ等！　どこから湧きやがった⁉」

「爆雷！」

動揺する爆雷に対し、小恋が叫ぶ。

その声に、爆雷はハッとする。

そう――敵は複数、だが小恋の矢が命中したということは、物理的なダメージは与えられる。

少なくとも、悪霊などではない。

となれば、爆雷の仕事は単純明快だ。

「どぉぉぉぉおおおおおおおおおおりゃあああああっ！」

爆雷、全力疾走、からの跳躍、からの飛び蹴り。

数人の男達が吹っ飛ばされる。

更に振るわれた剛腕により、また一人庭の方へと殴り飛ばされた。

「大丈夫ですか？　楓花妃様」

「あ、あれはなんじゃ！」

暴れ回る爆雷と、何人もの奇怪な男達の方を見て、楓花妃が怯《おび》えながら叫ぶ。

「あれは大猩々《ゴリラ》です」

「大猩々って何じゃ!?　そうじゃなくて、あの連中は一体何者なのじゃ！」

「本当に悪霊なの？」

「いえ、悪霊ではなさそうですね」

その場に一緒にいた、宮女長の真音《マオン》の問いに、小恋は答える。

小恋は、敵の姿を見て考える。

連中の姿、一連の現象……飛頭蛮《ひとうばん》同様、父から教わった知識の中に、似たようなものがある。

（……もしかしたらだけど……）

「くそっ！　いくらぶっ飛ばしても立ち上がってきやがる！　埒《らち》が明かねぇ！」

片っ端から殴り、蹴り、叩き伏せても、まるでダメージが無いかのように起き上がってくる男達。

鉄に至っては、頭に矢が刺さったまま襲い掛かってくる。

爆雷も苦戦を強いられているようだ。

そこで――。

「おっと、これは本格的にまずい事態じゃないか」

追い付いた烏風がその場で、両手を「パンッ」と、打ち鳴らす。

「《退魔士》として力を貸そう」

瞬間――不可思議な現象が起こった。

烏風の足元に、黒いものが滲《にじ》み出て沼のようになった。

そして、その黒い沼から湧き出るように、何か、黒くて小さくて丸い……しかも、赤い二つの目がついたものが、何匹も現れた。

その黒い塊達は『きゅー、きゅー』という鳴き声（?）を発しながら、男達の体に纏《まと》わり付いていく。

「ああ!? なんだ、この饅頭《まんじゅう》みてぇなのは!?」

ついでに、爆雷の体にも纏わり付いている。

そのせいで、全員身動きが取れなくなっているようだ。

「あれは……」

「魑魅魍魎《ちみもうりょう》さ、私が使役している」

小恋達の下へ、烏風が歩み寄ってくる。

「これが私の《退魔術》だよ。それよりも……」

そこで烏風は、身動きを封じられている男達の姿をよく観察する。

全員揃って、白く濁った眼《め》、青白い肌、涎《よだれ》を垂らした口元には牙……。

「なるほど、これは……」

その様子を見て、烏風は納得がいったように呟く。

「僵尸《キョンシー》」

偶然、小恋と烏風の声が重なった。

「へぇ、知っているのかい？」

声が重なった直後、烏風が小恋を振り返る。

「……少しは」

小恋は警戒しながら答えた。

僵尸。

僵屍……きょうし、とも言う。

動く死体の妖魔。

偶発的、自然発生的に生まれることもあれば、死体を特殊な力で操ってキョンシーにするという邪法も存在する。

基本的には、その特殊な力を使うことができる人物が主《あるじ》となり、制御、統率、命令が可能。

「倒すには、頭部や重要部位を破壊し、人体的に行動不能に陥らせるのが効率的……」

小恋は、父親から教わった知識を喋《しゃべ》る。

「そこまで知っているなら、話が早い」

烏風は、自身が放った魑魅魍魎に纏わり付かれ、身動きを封じられているキョンシーの数を数える。

全部で、八体。

「魑魅魍魎の拘束も長時間は保《も》たない、とっとと始末しようか」

「はい」

キョンシーの中には、体にくっついた魑魅魍魎を払い除《の》け、活動を再開し始める者もいた。

烏風と小恋は、迅速に行動を開始する。

「爆雷！」

「ああ!?」

烏風が、体に付着している魑魅魍魎から爆雷を解放する。

自由になった爆雷の腰から、小恋は素早く剣を抜き取り構えた。

「こいつらは、キョンシー。歩く死体。倒すには――」

瞬時、すぐ目の前にいたキョンシーの首に、刃を振るう。

体から離れた頭が床に転がり、体がその場に倒れ伏す。

「首を斬り落とすか、へし折るのが一番手っ取り早いよ」

「そうか。なら、そこまで大変じゃねぇ――なッ！」

振り向きざま、襲い掛かって来たキョンシーの顔面を、全力で殴る爆雷。

更に、たたらを踏んだそのキョンシーの首に、思い切り蹴りを放つ。

鈍い音を立て、首が半回転した。

そのキョンシーも活動を停止する。

一方――。

『うさ～』

「雪《シュエ》……」

もこもこの兎《うさぎ》――雪を抱きしめながら、楓花妃は目を瞑《つぶ》って身を屈《かが》めている。

その周囲を守るように、宮女達も同様に身を寄せ合う。

更に彼女達の前に、烏風が立っていた。

「……なんなんだ、彼女は」

烏風は、魑魅魍魎を使役し、キョンシーの動きを攪乱《かくらん》している。

そうしながらも、その眼は、小恋を見ていた。

軽快な動き、身のこなし、躊躇《ちゆうちよ》なく敵の首を刎《は》ねる判断力と胆力。

（……そして、この妃や宮女達に被害の矛先が向かないように、配慮しながら戦ってもいる）

加えて――先刻発揮した、『妖魔の気配を探知する』という能力。

「………」

――やがて、その場にいた八体のキョンシー達は、小恋と爆雷によってすべて活動不能にされていた。

「これで、全部か……」

「うん」

小恋は、念のためもう一度、妖魔の気配を探る。

宮内全域を隈《くま》なく感知するように、全力で神経と脳を集中させる。

（……うー）

正直、頭が痛い。

妖魔の探知を、連続で、広範囲かつ長時間集中して行っているのだ。

脳の負荷も大きいのだろう。

（……とりあえず、周辺に怪しい気配は感じられない……か）

小恋は探知をやめ、「ふぅ」と嘆息しながら汗を拭う。

「ひとまず、もう大丈夫です」

振り返り、烏風や楓花妃達に言う。

一方、爆雷は倒れたキョンシー達……死体を探っていた。

「……鉄は元々、暴力自慢のチンピラとして悪名が高かった……しかし、どいつもこいつも、鉄に負けず劣らず体格に恵まれてるな」

体格が良い……強そうな人間の死体を選別して使っているように思える。

と、爆雷は言いたいのだろう。

「……！　こいつは！」

そこで、爆雷が死体の一つを見て目を見開く。

「どうしたの？」

「……知ってる武官だ。前に、野盗とやりあって殉職したと聞いてる」

ギッ——と、爆雷がこぶしを握る。

「……こいつらをキョンシーに変えた奴《やつ》がいるんだよな？」

「おそらくね。体格に恵まれた死体が選別されて、しかもこの宮を襲うっていう目的で動いてるように思えるから、その可能性が高いかな」

「……死体を弄びやがって、ゆるせねぇ」

小恋は考える。

敵の目的は、以前と同様、この陸兎宮を失墜させること。

楓花妃や宮女を直接手に掛けないまでも、〝呪われた宮〟という印象を強め——皇帝陛下を遠ざけ、妃争いから離脱させること。

しかし、鉄のような処刑された罪人の死体を使っていたとなれば……。

（……敵はやっぱり、この宮廷内に潜んでいる……）

「おい、何があった！」

そこに、今更のようにやって来たのは、悲鳴が聞こえた方に駆けていった《退魔士》達だった。

「遅ぇよ、もう終わった後だ」

「終わった？　何を言う！　妖魔はまだここに……」

先頭の、坊主頭の男が言った瞬間――。

『ぱんだ！』

一匹の子パンダが、その坊主頭に飛び蹴りを食らわせた。

雨雨《ユイユイ》だ。

「いだだっ！　こいつ、なんなんだ、さっきから！」

「くそっ！　素早くて捕まえられん！」

「おい、こいつを狩る手助けをしろ！」

(……やっぱり、雨雨だったんだ)

小恋は心の中で納得する。

以前、雨雨と一緒にいた雪が喋れるようになった時、念のため、雨雨から再び妖魔の気配を感じ取れるか調べたことがあった。

結果、雨雨から確かに妖魔と同様の気配……あの、飛頭蛮が現れた夜と同じような気配を探知できた。

では、雨雨は妖魔なのか？　どんな力を持っているのか？

その点に関しては誰に聞いてもわからないし、皇帝のペットだから特別なのだとも考えられるし、今は一旦措《お》いておくことにして。

で、話は戻るが――先刻、宮内の気配を探知した直後、悲鳴が発生した時。

小恋は、悲鳴の聞こえた方にも、確かに妖魔の気配を探知していた。

しかし、その気配が以前感じ取った雨雨のものと酷似していたので、あの場では一旦放置した。

いつも勝手に消えては遊び回り、気付いたら帰ってきているということの多い雨雨。

今回もいつものように、いきなり藪《やぶ》から飛び出して、宮女を驚かせてしまったのだろう——と、思ったのだ。

だから、心配無用と判断したのだった。

「ああ！　楓花妃様、こちらにいらっしゃったのですね！」

副宮女長の紫音《シオン》が、雨雨確保に苦戦している《退魔士》達の後ろから現れる。

「先程の悲鳴は、紫音さんのものだったんですね」

「ええ……恥ずかしながら、雨雨ちゃんがいきなり飛び出してきて驚いちゃって」

照れながら紫音は言う。

つまり、実害無しだったということ。

《退魔士》達の行動は、無意味だったようだ。

（……いや、楓花妃様や宮女達を餌として宮内に放った時点で、許せる限界を超えてるけどね）

『ぱんだー！』

そうこうしている内に、雨雨は坊主頭の男に蹴りを放ち、数珠の男に飛び付いてパンチし、その勢いで髭面の男にも跳び蹴りを食らわせた。

三人とも倒れる。

雨雨の圧勝である。

「へえ、今時のパンダは『ぱんだー』と鳴くのか、初めて知ったよ」

仲間達がボコスカにやられている光景に何も感じていないのか、烏風はそんな呑気《のんき》なコメントをしている。

「んなわけねぇだろ、こいつはちょっと特別だ」

烏風の発言に、爆雷はそう言い返しながら——座り込んだ三人組の前まで歩み寄ると。

「この！」

坊主頭に拳骨《げんこつ》。

「バカ！」

数珠の男に拳骨。

「野郎！」

髭面に拳骨。

「どもがっ！」

そして、三人を纏めて放り投げた。

……えっ、放り投げた!?

大の男を三人纏めて、庭先まで投げ捨てたのである。

（……爆雷、怒ると怪力っぷりに拍車がかかるなぁ）

まぁ、でも、彼の怒りはもっともだ。

存分にやっちゃって、と、小恋は思う。

「な、何をする、貴様！」

「こっちの台詞《せりふ》だ！　テメェらがやったことはそのまま内侍府長に報告するからな！　二度と宮廷の敷居跨《また》ぐな、ボケ！」

《退魔士》達の横暴さにブチ切れている爆雷。

一方――。

「小恋」

気付くと、烏風が小恋の前に立っていた。

「小恋で良かったね？　君の名は」

「あ、はい。何か――」

瞬間、烏風が小恋の手を取っていた。

「素晴らしい……」

「はい？」

「端的に言おう。私は君に惚《ほ》れた」

「はいっ？」

何を言っているのかわからず、小恋は聞き返す。

しかし、烏風の目は本気だ。

「君は天才だ。知識、戦闘技術……どこで学んだのかは知らないが、キョンシーを単独で撃破できる存在など、そうそういない。いや、その点も今は措《お》いておこう」

どこか興奮し、紅潮した顔で語る烏風。

小恋は、そんな烏風から少し顔を離すように意識する。

「何より興味を引かれたのは、君の『妖魔の気配を探知できる』という能力だ。そんな力を持つ者など、私はおろか、私の知る限りのこの国の《退魔士》達の中にもいない、特別な力だ」

え？　そうなの？

小恋は小首を傾げる。

山の中で暮らし、獣や妖魔との戦いが日常だったので、その中で発達した危機察知能力の類だと思っていたけど……。

「通常、妖魔の気配を探知するなんて、できるはずがないのさ」

「なんだ、そんなこともできないのか、お前等」

そこで、爆雷が烏風と小恋の会話に割り込んできた。

「普通、なんか、『妖魔は邪悪な気みたいなものを発散してそれを感じ取る』とか、そういう技術みたいなのありそうじゃねぇか」

「はぁ……」

爆雷の発言に、烏風は嘆息する。

「なら君は、遠く離れた場所にいる人間の気配をその場から動かず、もしくは森の中に隠れている人間の気配を森に入らず探知することができるのか？　同じ人間だから当然できるのだろう？」

「………」

そう言われてしまえば、さすがの爆雷も何も言い返せない。

「つまり、彼女の持つ力はそれだけ規格外ということだ。無論、修業や鍛錬でそういった境地に達することがあるかもしれない。しかし、少なくとも私は、〝本当に〟そんなマネのできる存在になど出会ったことが無い」

烏風は、小恋を見据える。

「君はその境地に達した存在なのか……もしくは、いや、こちらの方が可能性としては高い……おそらく君は、無意識の内に《退魔術》を使っているのかもしれない」

《退魔術》……。

烏風が、初めて会った時にも言っていた言葉だ。

「小恋、私のものにならないかい？」

そんな小恋の思考を遮るように、烏風は恥ずかしげもなく言った。

「はっきり言って、今の《退魔士》の組織はどこもクズの集まりだ。《退魔士》としての才能も技術も無い、だからと言って研鑽《けんさん》も努力もしない、ただ金儲《かねもう》けのことだけを考える嘘吐きと紛い物で溢《あふ》れている。小恋、私と一緒に、本当に優秀な真の《退魔士》のみで構成された組織を作ろう」

「貴様……もう辛抱ならん！」

そこで、爆雷と雨雨にノされていた三人組が、ふらふらと立ち上がった。

髭面の男が吼える。

「以前からの、我々に対するその見下したような発言の数々！　少し名が知れている程度の《退魔士》の血族の、たかが側妻《そばめ》の子の分際でいい気になるな！　痛い目を見せてやる！」

「おい、仲間割れなら他所《よそ》でやれ！」

爆雷が間に入るが、三人組は完全にやる気だ、頭に血が上っている。

そこで、烏風が溜息を吐く。

「うるさいな、黙っていてくれるか。それを言うなら、私も同じ気持ちだよ」

烏風の足元に、黒い沼が広がった。

「痛い目を見てもらおうか」

広がった沼から、魑魅魍魎が湧き出てくる。

黒くて丸い、赤い目が二つ付いたそのチビ妖魔達は、『きゅー、きゅー』と鳴き声を発しながら、折り重なっていく。

そして、見る見る内に膨れ上がり――。

「な……」

三人の《退魔士》達は、絶句する。

彼等の目前に、魑魅魍魎が合体した巨大な塊――まるで、神話の中に出てくる、蚩尤《しゆう》のような巨人が誕生した。

『ぶぉおおおおおおおお！』

そして、その頭部が牛のような雄叫《おたけ》びを上げ、三人組に向けて巨腕を叩き込んだ。

「うぉ！」

衝撃に、小恋と爆雷は身構える。

「発言には気を付けたまえよ、まったく」

烏風が手を打ち鳴らす。

漆黒の巨人は崩壊し、数百匹の魑魅魍魎に戻った。

そして――その下から、地面に横たわった三人組の姿が現れる。

全員、白目を剝《む》いて気絶していた。

雨雨にボコボコにされ、爆雷にボコボコにされ、そして烏風にボコボコにされ、ボロボロになった三人の《退魔士》。

ご愁傷さまです、と、小恋は手を合わせる。

「煩《うる》さ型《がた》は黙ったようだな」

そこに、新たな声が聞こえた。

振り返ると、現れたのは内侍府長の水だった。

「来てたんですか、内侍府長」

「念のため、な」

小恋が言うと、水は場を見回す。

活動を停止したキョンシー達の亡骸《なきがら》。

意識を失っている《退魔士》達。

そして、無事な様子の、楓花妃や宮女達。

「事の次第は、大体わかった」

「内侍府長様」

その時だった。

烏風が水の前へ進み出ると、瞬時に彼の前で跪《ひざまず》いた。

「我々の度重なる無礼の数々、誠に申し訳ございません」

先程までの浮かれた態度から一変し、真摯な態度で水に謝罪する。

「あの三人組は、元は山賊崩れや商人で金稼ぎのことしか頭にない輩《やから》でした。そして、この国の今の《退魔士》に纏《まつ》わる組織は、ほとんどがそんな連中の集まりと化しています」

「………」

「《退魔術》に関する修業や研鑽、妖魔に関する情報収集や勉学……そういったものは蔑《ないがし》ろにされていています。特殊な才能を持つ者も、血が途絶えたり組織を後にしたり、また派閥争いで消されたり……ともかく、どこもかしこも腐り切っており手の施しようがありません」

すっ——と、烏風は三人組の方を指さす。

「お詫《わ》びの印に、この者達をこの場で粛清させていただきたい」

粛清——早い話が、首を刎ねるつもりだろうか。

もしくは、先程の《退魔術》を使うのか。

どちらにしろ、不穏な発言だ。

「………」

そこで、水がチラリと、視線を楓花妃と宮女達に向ける。

「楓花妃様、ご無事で」

「は、はい、小恋達が助けてくれたので、妾《わらわ》達に怪我《けが》は無いですじゃ」

「……ご迷惑をおかけいたしました」

水は頭《こうべ》を垂れる。

「本来ならこれだけの暴挙、許すわけにはいかないが……後宮の、妃の住まいを無駄に血で汚す必要もない……」

烏風の申し出を、水は断ったようだ。

妥当な判断だろう。

楓花妃に、わざわざ処刑現場を見せる意味もない。

「それに、既に粛清は済んでいるようだしな」

「かしこまりました。では、この者達に関してはこれまで……そして、ここからは私の話です」

烏風は、水を真《ま》っ直《す》ぐ見上げ、言う。

「先程、内侍府長殿はああ仰《おっしゃ》いましたが、それでは私の気が収まりません。責任を取らせていただきたい」

「では、何をするというのだ」

水が問う。

烏風は、笑みを湛《たた》えた。

「私を、この宮廷を守る《退魔士》として徴用していただきたい」

烏風のいきなりの宣言に、小恋も爆雷も瞠目《どうもく》した。

「おい！　さっきから何を勝手に――」

そして、当然爆雷が黙っているはずがない。

烏風に後ろから詰め寄る。

そこで、烏風が爆雷を振り返った。

「君の、その常識外れの怪力も、《退魔術》の素質の欠片《かけら》かもしれない」

「……なに？」

「しかし、残念ながら、まだその力の本質を発揮できていないようだ」

瞬間、だった。

再び、烏風の足元に、黒い沼が現れる。

その中から、魑魅魍魎の群れが飛び出し、爆雷の体に張り付いていく。

「んな!?」

いきなり大量の魑魅魍魎に纏わり付かれた爆雷の体は身動きを封じられ――その場に倒れた。

「くそっ！　こんなもの……」

例によって馬鹿力を発揮し、魑魅魍魎を撥ね除けようとする爆雷。

しかし――。

「な、なんだ……力が、出ねぇ……」

「これが、私の用いる《退魔術》。魑魅魍魎を調伏し、使役することができます」

烏風は、水を振り返る。

「どうです。悪くない実力ではないでしょうか？」

なるほど、爆雷を利用して自身の力の程をアピールしたのか。

小恋は内心で納得する。

「加えて私には、この宮廷の安全を守るための更なる案もあります」

「……具体的には？」

更に自己アピールを続ける烏風に、水は問う。

烏風はバッと、小恋に手先を向けた。

「彼女を、《退魔士》として成長させます」

「え？」

いきなり矛先を向けられ、小恋は思わず声を漏らした。

「彼女の妖魔を探知するという力は、私の知る限り《退魔士》の界隈《かいわい》でも見かけない程、稀有《けう》な能力。しかし、彼女は残念ながら《退魔士》に関する素養はほとんど持ち合わせていない様子。無論、にも拘《かかわ》らず現時点でこれだけの力を発揮できている……これは、見過ごすわけにはいかない才能です」

「…………」

「もし、彼女が成長し、その能力を常に発動、体調等にも左右されずに使うことができるようになれば、この後宮……のみならず、宮廷中に潜む邪気を見張り、いち早く察知。厄災を事前に防ぐこともできる、最強の守衛になれるのでは」

「……なるほど」

水は、小恋を一瞥《いちべつ》し頷く。

納得したようだ。

「わかった。貴殿の徴用に関し、私からの許可を進言しておこう……と、その前に、まずは爆雷の拘束を解いてやってくれ」

「おっと、これは失礼」

烏風が手を打ち鳴らすと、爆雷に纏わり付いていた魑魅魍魎が、水に墨が溶けるように、霧となって消えた。

「但し、まだ実績の無い貴殿をいきなり専属として迎え入れるわけにはいかない。最初の内は、この小恋と爆雷等と共に行動してもらい、その働きの程を評価する。構わないな?」

「ええ、ええ、願ったり叶ったりです」

委細希望通りといった感じで、頷く烏風。

続いて水は、小恋を振り返る。

「この死体や、《退魔機関》の者達……後始末は、こちらですることもできるが?」

「……いえ」

小恋は、彼等を一瞥し水に言う。

「少々、あの死体に関しても調べたいことがあるので……この場の後始末は、私達に任せていただいてもよろしいですか？」

「わかった。後程、報告を持ってくるように」

以上だ――そう言って、水は立ち去った。

その後ろ姿を、小恋達は見送る。

「……何が目的ですか？」

水が立ち去ったのを確認すると――小恋は、烏風に言った。

先程の彼への物言い。

渡りに船とばかりに、小恋と共にいるための口実を作ったように思えて仕方がない。

「目的は、私ですか？」

「その通りだよ」

一切繕い隠すことなく、烏風は言った。

「私は君が欲しい」

「はぁ……」

先程も聞いた発言に、小恋は気の抜けた返事を返す。

しかし、続いて烏風が口にした言葉に――。

「小恋、私と一緒に世界を征服しないか？」

……小恋は、立ったまま固まってしまった。

「……」

「おっと、引かないでくれ。そんな目で見ないでもらいたい。言葉の綾《あや》だよ。そこに転がっている三人のようなならず者や、そのキョンシーや妖魔を使って事件を起こしている悪党達……そういった連中を排斥し、私達のような強大な力を持つ者で世を管理するべきだと思っているんだ。その手始めに、是非とも君に私の同胞になってもらいたい」

「おい、いい加減にしとけ」

そこで、烏風の背後に立った爆雷が言う。

「とりあえず、内侍府長がああ言った以上、お前は俺達と一緒に行動することになった。だが、信用に値する人間かどうかの評価は俺と小恋に任されたってことだ。宮廷専属の《退魔士》になるっつぅなら、ここで起きる妖魔騒ぎを解決することだけ考えろ。余計なこと言って、小恋《そいつ》を惑わすな」

どうやら、爆雷には烏風からの申し出に小恋の心が揺らいでいるように見えたらしい。

(……いや、普通にどう反応していいのかわからないだけだけど)

「《退魔士》としての実力は認めてやるよ。だが、わけわかんねぇことばっか言ってるようなら、内侍府長に報告してすぐにここから叩き出すからな。宮廷内で起きる妖魔絡みの事件は、これからも俺と小恋で解決していく」

「ふむ……」

そこで、烏風が何か考えるように爆雷を見据える。

「君は、彼女とは付き合いが長いのかい？」

「ああ？　少し前に知り合ったばっかの仕事仲間だ。だが、ここで起きる怪しげな騒ぎは俺とこいつで担当する決まりになってる」

「……もしや」

烏風が、小恋を振り返る。

「君の心を引き留めているのは、彼かな」

「は？」

瞬間、烏風が小恋の顔に手を伸ばし――唇に指を添えた。

「ならば、どうだろう？　自分で言うのもなんだが、私は器量もそこそこ悪くないと思っている」

「……………」

「希望とあらば、君の伴侶として添い遂げることも――」

その時。

「――っ」

烏風は、小恋の唇に触れていた指先に、鋭い痛みを感じた。

噛《か》み付かれたのだ。

小恋が、烏風の指に歯を立てていた。

思わず、烏風は手を引っ込める。

「世界を征服するだのなんだの、子供みたいなこと言ってないで真面目に生きたらどうです？」

「………」

「行こう、爆雷。その人達、一応今夜はこの宮で面倒を見るから、運ぶの手伝って。あと、キョンシーにされてた死体も」

小恋は烏風に背を向けると、庭先に転がっている《退魔士》達の方に向かう。

内侍府長からは見逃してもらったが、宮廷内でこれだけの暴挙に出たのだ——このままでは、《退魔士》という言葉自体が悪印象を与えかねない。

そうなったら、烏風は勿論《もちろん》、妖魔に携わる小恋や爆雷まで何かの拍子にとばっちりを受ける可能性がある。

一晩ここで安静な状態にして、明日の日が昇る前、誰かの目に触れない内に外に放り出そう。

そう考えた小恋は、テキパキと行動を開始する。

「………」

一方——嚙まれた指先を押さえつつ、烏風は黙って小恋の姿を見詰めていた。

「おい、わかったろ」

そんな彼に、爆雷が言う。

「あいつは、ああいう女だ。お前にどうこうできるようなタマじゃ——」

「素晴らしい」

烏風が呟いた。

その眼の光は衰えることなく、未《いま》だ真っ直ぐ小恋に向けられていた。

「実に、素晴らしい。気が強く確固たる我があり、小手先の誘惑には動じない。私は、ああいった女性が最も好物《タイプ》だ」

「…………」

「おっと、爆雷。彼女も君のことを認めているようだし、今のところは私も君を仲間と思っておこう。彼女ほどではないにしろ、素質もあるようだしね。だが、私が見損なうような行動を起こしたら躊躇なく見捨てる。そのつもりでいたまえよ」

「あっはい」

無駄だと思ったのか、爆雷はそれ以上何も言わないことにした。

◇◆◇◆◇◆

「…………」

どことも知れない部屋の中。

一人の人物が、黙って床の上に座している。

彼の目前――床の上には、八枚の札が置かれていた。

呪術文字が書かれた札……しかし今、その八枚の札はすべて燃え尽き、床に黒い燃え跡を残すだけとなっている。

「全て倒された、か……」

男は呟く。

そして、黒い布で隠された口元を歪《ゆが》め、静かに笑う。

「……面白い」

誰あろう彼は、先日、陸兎宮を訪れた珊瑚妃《さんごき》の後ろに控えていた宦官《かんがん》――その者だった。

第六章　姉妹

──キョンシーが陸兎宮《りくと》を襲った事件の日から、数日が経過した。

あの後どうなったかというと……。

まず《退魔士》達《たち》。

彼等《ら》は、小恋《シヤオリヤン》達に運ばれ、ひとまず安静な状態にされ陸兎宮で一夜を明かした。

そして夜明け前、皆が目を覚まさない内に、烏風《ウーファン》が使役する魑魅《ちみ》魍魎《もうりよう》を使って、王城の外まで運び出した。

その際、烏風は彼等に釘《くぎ》を刺したようだった。

「彼等がここに来ることは、もう二度とないよ」

「……まさか、始末したりしてませんよね」

「さぁ、どうだろうね？」

烏風は相変わらずの飄々《ひようひよう》とした口振りだった。

続いて、キョンシーにされていた罪人や衛兵の死体の件。

小恋と爆雷《バオレイ》、烏風で死体を一通り確認してみたが……残念ながら、これと言って手掛かりになりそうなものは出てこなかった。

彼等をキョンシーに変えた者がいるのは確実だが……誰が操っていたのか、その人物はあの飛頭蛮《ひとうばん》とも繋《つな》がりがあるのか等、謎は謎のままになってしまった。

しかし、あの夜から数日、陸兎宮内で目立った怪奇現象は起きていない。

おそらく、刺客であるキョンシーを退けたこと。

そして、烏風という《退魔士》が内侍府《ないじふ》長により徴用され、陸兎宮の護衛として妖魔の悪事を見張っている――そんな噂《うわさ》が、一瞬で宮廷内に広まったのだろう。

おかげで、向こうも容易《たやす》く手が出せなくなったのかもしれない。

そしてそれは、やはり此度《こたび》の首謀者が、宮廷内……後宮内に潜んでいる可能性の裏付けとなった。

――というわけで、小恋達は今日も気兼ねなく、陸兎宮での仕事を行う。

補修作業が済み、改善も行われ、陸兎宮も今や、他の宮に引けを取らぬ見栄えとなっている。

かつて〝呪われた宮〟と言われていたのが、嘘《うそ》のように。

「ふむ……」

「なんですか？　烏風さん」

陸兎宮内の、特に使い道の無い空間を改造し、収納スペースを作っていく。

材木を担ぎ動き回る小恋を見て、烏風が何やら唸《うな》っている。

「いや、皆に指示を出し、テキパキと環境を改善していく……君はまるで、風水師のようだね」

「風水師……」

そう言われ、小恋は思い返す。

風水……確かに、自分は父から多くのことを教えられたが……風水という学問についても聞いた記憶がある。

悪い気を溜《た》めず、良い気を送り込む。

町や砦《とりで》、城を作る上で、土地を選定したり、環境を改善したりするための思想、技術。

龍脈、龍穴、陰宅、陽宅、巒頭《らんとう》、理気、ナンタラかんたら……。

風水術……それ自体は別にどうでもよかったのだが、話の中に出てきた、生活を豊かで便利にするために、家相を見て機能を改善したり改造したりするといった行為に心が惹《ひ》かれた。

そのせいで、家の増改築《リフォーム》に興味を持ち、色々試すようになったのだ。

「君の〝妖魔を探知する〟という力も、〝悪い気を察知する〟という風水の影響から目覚めた力なのかもしれないね」

「……そう言われると、そんな気もしてきますね」

「ところで、まだ私との間に壁を感じるのだが。爆雷と同じように砕けた態度で接してくれていいのだよ？　名前も呼び捨てで構わない」

「わかりました烏風さんこれからはそうします」

「頑固だね。まあ、それが君の魅力だが」

◇　◆　◇　◆　◇　◆

さて――楓花妃《ふうかき》に関して。

色々なことを経て、楓花妃の小恋に対する信頼は、かなり強くなっている様子だ。

陸兎宮を訪れた日から、楓花妃は多くのことで小恋に助けてもらっている。

当然と言えば、当然の信頼なのかもしれない。

いや……信頼というか……。

「おはようなのじゃ、小恋！」

「おはようございます、楓花妃様」

朝。

初めて出会った日の約束通り、小恋と楓花妃は早起きし、一緒に運動をするようにしている。

健康的で美しい体形を保つための運動だ。

陸兎宮の中の、それなりの広さがある中庭を使う。

そこで、二人で体操をしたり、走ったりしている。

「はー、今日も良い汗をかいたのじゃ」

運動用の軽装姿である楓花妃は、胸元をハタハタしながら笑みを浮かべる。

「体を洗って、ご飯にしましょう」

運動の後、宮女達に用意してもらった朝ご飯を一緒に食べる。

「ごちそうさまでした」

「はい、お粗末様です」

食べ終わった食器を片付けに、調理場へと運んできた小恋。

そんな彼女に、食事係の宮女が言う。

「本当、楓花妃様は小恋のことが大好きなのね。いつもべったり」

「年齢も近いですから。それだけ、心を許しやすいのかもしれませんね」

◇◆◇◆◇◆

――時間は少し経過し、昼頃。

「来たね、爆雷」

「おう、約束通り来てやったぞ」

陸兎宮の庭先で、小恋と爆雷が対面している。

近くの軒先には、楓花妃がチョコンと座り、そんな二人の様子を眺めていた。

「準備は大丈夫？　怖気《おじけ》づいてない？」

「抜かしてろ。お前こそ大丈夫か？　俺は今日この日のために、鍛錬は欠かさなかったぜ」

熱意の籠った会話を交わす二人。

その表情は、真剣そのもの。

二人の姿を前に、楓花妃も固唾を呑《の》んで見守っている。

「じゃあ、早速やろうか」

「はんっ、後で吠《ほ》え面《づら》かくなよ」

「おや、何事だい？」

そこにちょうど、宮内の見回りをしていた烏風もやって来る。

瞬間、楓花妃と烏風の視線の先――小恋と爆雷が、それぞれ手を前へと突き出した。

二人の手には、籠《かご》が握られている。

木を組んで作られた、虫籠だ。

そして、その中に入っているのは、蟷螂《とうろう》である。

「覚悟しろ！　俺の黒王《ヘイワン》三号がお前の蟷螂をギタギタにぶっ潰す！」

「甘く見ないことだね。私の育て上げた白花《パイファ》一号は強いよ」

そう言って、二人は切り株で作られた土俵を挟み、その上に各々の蟷螂を下ろす。

「行け！　黒王！」

「負けるな、白花！」

「……彼女達は何をやっているのですか？」

気炎を上げて、手元の蟷螂を応援している二人の姿を見ながら、烏風が楓花妃に質問する。

「蟷螂相撲だそうじゃ」

蟷螂相撲。

育成した蟷螂を戦わせる、子供の遊びである。

土俵の上でぶつけ合わせ、先に相手を土俵から落としたり、土俵の上でひっくり返したりした方の勝ちだ。

以前、小恋がひょんなことから蟷螂相撲の話をしたところ（実家の山の中では蟷螂が山ほど捕れたので）、爆雷も蟷螂を育てていると知ったのだ。

「そこで盛り上がった二人は、後日戦う約束をしていたのだそうじゃ」

「……なるほど」

蟷螂相撲など、所詮子供の遊びである。

しかし、小恋と爆雷は物凄《ものすご》く熱中している。

キンキン、と鎌をぶつけ合わせ鎬《しのぎ》を削る二匹の蟷螂。

やがて――。

「やった！　白花の勝ち！」

「黒王んんんん！」

土俵の上には、爆雷の黒王三号が目をグルグルさせてひっくり返っており。

その黒王三号の上に足を載せて、ドヤッとふんぞりかえる白花一号の姿が。

「ふふふ、鍛錬不足だったね、爆雷」

「くそっ！　今日はこのくらいにしといてやる！　次会う時も、同じ俺達だと思うなよ！　帰って特訓だ、黒王！」

爆雷に言われ、黒王三号も両方の鎌をシュバッと持ち上げ気合を見せる。

そして爆雷と黒王三号は、一緒にうさぎ跳びしながら帰って行った。

その特訓意味ある？

「あー、楽しかった。こういう馬鹿なことで盛り上がれる仲間がいて、本当に良かった」

「勝ったのじゃな、小恋」

虫籠に白花一号を入れ、小恋は軒先へと戻る。

やって来た小恋に楓花妃も、ふんすふんすと興奮気味だ。

「楓花妃様、退屈じゃなかったですか？」

「ううん、見たことの無い遊びが見られて、楽しかったのじゃ！」

そう言って、喜色を浮かべる楓花妃を見ていた小恋は――。

「ん？」

少し離れた壁際から、誰かがこちらを覗《のぞ》き見しているのに気付く。

あれは……。

「珊瑚妃《さんごき》様？」

小恋がその名を呼ぶと、壁際に潜んでいた影がびくっと震えた。

烏風と楓花妃も、そちらに視線を向ける。

恐る恐る姿を現したのは、編み上げられた髪に、すらりと伸びた美脚の妃。

第六妃――白虎《びゃっこ》宮の珊瑚妃だった。

「珊瑚妃様、いらっしゃっていたのじゃ」

「え、ええ」

駆け寄ってきた楓花妃に、ちょっと焦った様子で、そう受け答えする珊瑚妃。

以前、この陸兎宮を訪れた時と違い、余裕が無い感じである。

あの付き添っていた宦官《かんがん》の姿も無い。

「最近は、大事無いかしら？」

「うむ、異変や怪現象があっても小恋達が解決してくれるから、安心なのじゃ」

探るような珊瑚妃の質問に、楓花妃は表裏無く答える。

「宮の内装も、どんどん綺麗《きれい》になっていっておる。それに、最近は小恋と一緒に運動をして、珊瑚妃様のご忠告通り体形を綺麗に保つための努力もしておるのじゃ。そうじゃ、珊瑚妃様も一緒にどうじゃ？」

「……いえ、大丈夫。遠慮しておくわ」

それだけ言うと、珊瑚妃は楓花妃に背を向け、ササッと去っていく。

「少し、いつもと違う感じでしたね」

「うむ……体調が優れぬのかのう」

そこに烏風がやって来て、楓花妃に問う。

「珊瑚妃様は、ああいった感じで、よくこちらの宮に来られるのですか？」

「うむ。珊瑚妃様は、よく他の妃達の宮へも足を運ぶことで有名なのじゃ。贈り物や、おススメの化粧道具もくれる良い方なのじゃ」

疑いの無い眼差《まなざ》しで、楓花妃は言う。

「妾《わらわ》が後宮にやって来た初めの頃から、何かと気に掛けて、よくここに来てくれていたのじゃ」

「へぇ……」

◇　◆　◇　◆　◇　◆

――時が経過し、夜。

「楓花妃様、湯浴《ゆあ》みの用意ができました」

日没後、楓花妃の部屋で一緒に書物を読んでいた小恋。

そこに、宮女長の真音《マオン》がやって来る。

湯浴みの時間だ。

「わかったのじゃ」

書物を閉じ、立ち上がる楓花妃。

「小恋も一緒に行くのじゃ」

「え？」

そして当たり前のように、小恋も誘われる。

あれよあれよという間に、二人揃《そろ》って陸兎宮内の湯浴み場へ到着。

湯浴み場の中は、既に湯気と良い香りで満たされていた。

花の香りのする油を垂らしたお湯が、浴槽に溜められている。

「楓花妃様、お召し物を」

「うむ」

既に待機していた、副宮女長の紫音《シオン》の前で、楓花妃はするすると衣服を脱ぐ。

「小恋」

そこで、楓花妃は小恋を呼んだ。

「小恋も一緒に入るのじゃ」

「へ？」

湯浴み場まで来るのは、まぁ従者の務めの範疇《はんちゅう》かもしれないけど、一緒にお風呂に入るのは……。

小恋は、ちらりと真音と紫音を見る。

「いいのですか？」

「妃様がお望みであるなら、あなたが断る理由は無いわ」

小恋が確認すると、二人はそう言って肯定した。

というわけで、一緒に湯浴みをすることになった。

小恋も衣服を脱ぎ、入浴の準備をする。

「あ、じゃあ、ちょうどいいしこれを使いましょう」

「それは何じゃ？」

そこで、小恋が服の下からあるものを取り出す。

円筒状の細長い形をした、しわしわの干物《ひもの》のようなもの……だった。

小恋が、掃除道具として密《ひそ》かに作っていたものだ。

「たわしです。大きくなりすぎて不要になったへちまをもらってきて、煮て、乾かして、たわしを作ったんです」

浴槽の中、小恋はへちまたわしで楓花妃の背中を洗う。

ごしごし、と。

「あうあう、ちょっと痛いのじゃ」

「食器を洗うのにも使えますが、人の体を磨けば古い皮膚が取れて美肌効果があるらしいですよ」

そんな彼女達の、一緒に湯浴みをしている様子を見て、真音と紫音がクスクスと笑う。

「まるで姉妹のようね」

「本当に、私達の子供の頃みたい」

その言葉に、楓花妃はぽかんとしたまま顔を上げ。

「姉妹……えへへ、姉妹じゃ」

そう、嬉《うれ》しそうな表情になった。

◇◆◇◆◇◆

湯浴みが終わると、髪と体に香油を付けてお手入れ。

それが終われば、就寝の時間である。

「では楓花妃様、おやすみなさい」

楓花妃の寝室まで彼女を送り、小恋は扉を閉める。

「小恋……」

そこで、寝台の上に座った楓花妃が、遠慮がちに小恋に言う。

「今夜は、一緒に寝るのじゃ」

「え？」

どこか緊張した様子で言う楓花妃を前に、小恋は戸惑う。

「えーっと……楓花妃様——」

『ぱんだー！』

そこで、後ろから、どーんと何かがぶつかって来た。

いや、もう何かじゃなくて、どう考えても雨雨《ユイユイ》なのだが。

雨雨に押され、小恋はそのまま寝台の上に転がった。

『ぱんだー！』

『うさうさ〜』

「あー、もう……まぁ、妃様のご希望なら、いいのかな？」

「えへへ、みんな一緒なのじゃ」

楓花妃一人が寝るには、広すぎる寝台の上。

小恋と楓花妃、そして、雨雨と雪《シュエ》が、今日は固まって眠る。

楓花妃の髪と体から、香油の良い匂いが漂ってくる。

「……小恋は、妾のお姉ちゃんじゃ」

夢現《ゆめうつつ》に、彼女のそんな寝言が聞こえてきた。

◇◆◇◆◇◆

ここは、後宮の一角――白虎宮。

「楓花妃……あの娘、ぴんぴんしてたわ……」

薄暗く、燭台《しょくだい》の仄《ほの》かな灯だけが照らす、妃の私室。

現在、仕えの宮女や侍女も払われ――この部屋の中には、二人しかいない。

一人は、この宮の主である、珊瑚妃。

苛立《いらだ》った様子で、うろうろと部屋の中を歩き回っている。

「顔色もどんどん良くなってるし、廃屋寸前だった陸兎宮も綺麗になってる……」

自身の手の爪を噛《か》みながら、珊瑚妃はぶつぶつと焦燥感を露《あら》わに呟《つぶや》く。

そして、足を止めると振り返った。

「ねぇ、本当に大丈夫なの!?」

振り返った先、一人の男が床の上に腰を下ろしている。

宦官の服を着た男。

口元を黒い布で覆った、珊瑚妃付きの宦官は、手にした札に筆を走らせていた。

「焦りすぎだ」

その札の表面に、不可思議な文字を書き連ねながら——宦官は言う。

「私の力を借り、他の宮へ邪法による攻撃を行い、後宮での女の争いを勝ち抜く……お前がこの策に乗った時点で、大体の説明は行ったはずだ。怪しまれないためには、地道に、必要以上の証拠を残さず、密かに行動を起こさなくてはならない、と」

「それは、わかってる！……けど、陸兎宮の評判が良くなってきているのは事実なのよ」

再び、珊瑚妃は爪を噛む。

「宦官達や宮女達の間でも、もっぱらの噂よ。もし、この声が皇帝陛下にまで届いたら……私の地位だって脅かされかねない」

そう、珊瑚妃は不安がる。

「………」

宦官の男は、黙って札に文字を書き続ける。

「……原因は、あの《退魔機関》からやって来たっていう《退魔士》？」

そんな彼に、珊瑚妃はチラリと視線を流しながら問う。

「いや、私のキョンシー達が潰されたのには、別の要因も絡んでいるだろう」

男は、一旦筆を置いた。

「つい最近、炎牛《えんぎゅう》宮に潜んでいた〝同胞〟が狩られた。その《退魔士》が来る前の話だ」

「ど、どうするの!? 本当にこのまま、あんたを信用していいの!?」

声を荒らげ、詰め寄る珊瑚妃。

瞬間。

「黙っていろ」

宦官は立ち上がると、手を伸ばし珊瑚妃の顎を摑《つか》んだ。

「ひっ」と、珊瑚妃の喉が小さく悲鳴を上げる。

「白虎州公の子の中でも、比較的器量に恵まれていたから後宮に嫁入りできただけの分際で」

「……っ」

「皇帝の寵愛《ちょうあい》に恵まれず州に戻れば、お前など所詮は大勢いる州公の娘の一人に過ぎない。政治ができるわけでも、何か特技があるわけでもない。適当な成金の貿易商人に嫁がされるのがオチだ。お前よりも、二十も三十も年上の好色家のな。それがお望みか?」

「……い、嫌に決まってるでしょ、だから……」

「そうだ。お前は私の言うことを大人しく聞いていればいい」

男は、珊瑚妃を放す。

「心配しなくても、次の策は既に考えてある。一発逆転の策をな」

低い声で、怪しく笑う宦官。

彼を前に、珊瑚妃は思い詰めたように俯《うつむ》くと、近くにある大きめの座布団《クッション》に、腰を下ろす。

すると、そこに、一匹の白い子供の虎がやって来る。

まだ、大きな猫くらいの大きさだ。

ごろごろ……と喉を鳴らしながら、その子虎は、珊瑚妃の膝の上に前脚を載せてくる。

「玉《ユウ》……」

子虎――玉の背中を撫《な》でる珊瑚妃は、その瞳に黒く深い炎を滾《たぎ》らせる。

「絶対に勝つ……負けてたまるか」

◇◆◇◆◇◆

さて。

場所は、陸兎宮内の、少し広い中庭。

いつも楓花妃との運動用に使っている庭で、烏風が小恋と爆雷の前に立っている。

「さぁ、お待たせ、《退魔術》に関する指導の時間だ」

その細い目を更に細め、微笑《ほほえ》みながら烏風は言う。

「ここ数日、君達を《退魔士》として育成するための手順や方法等を色々と考えていた。今日は、本格的に実践に移りたいと思う」

「やっとかよ」

爆雷が悪態を吐《つ》く。

「ゴホン……そもそも、我々真の《退魔士》が扱う《退魔術》とは、特殊な才能を持つ者のみが極められる力だ」

烏風は咳払《せきばら》いを一つし、講義を開始した。

「体内から特別な力、《妖力》を生み出せることが大前提である」

「ほー、じゃあ、その《妖力》っつぅ力が俺達には宿ってるのか」

と、爆雷が腕をぶんぶんと振り回しながら言う。

無論、そんな方法で《妖力》は出ない。

「その通り、まぁ、君に関しては認めたくないところだが」

「ああん?」

「まぁまぁ」

宥《なだ》める小恋。

「さて、ここまで話した簡単な前提を踏まえた上で、小恋の持つ〝妖魔の気配を探知できる〟という能力に着目してみよう」

「私の、力?」

「そう。具体的に、君の感覚は妖魔の〝何〟を感知しているのかという点だ」

烏風の言いたいことは、ここまでの説明を聞くに大体予想がつく。

「《妖力》」

「そう。ただ厳密には、感知しているのは妖魔の発する《妖気》だろう」

《妖気》。

また新しい専門用語のようだ。

「《妖気》とは、妖魔の発する活動の痕跡のようなものだ。妖魔も《妖力》を持ち、それが外界に発散されると《妖気》になる」

「人間でいうところの汗や呼吸、気配みたいなものですね」

「もしも小恋の能力が、風水思想に基づき〝悪いもの〟を感知しているのだとしたら、おそらくこの考えで合っていると思われる……」

……さて、と、そこで烏風は一拍置く。

「つまり理屈上、小恋の能力は妖魔だけではなく、《妖力》を持ち、その《妖力》を《退魔術》として使用した際に《妖気》として発散する《退魔士》の気配も探れるはずだ。小恋、爆雷から《妖気》は感じるかい？」

「……………」

小恋は試しに、爆雷に対し感覚を研ぎ澄ませてみる。

しかし、今日まで彼と何度も行動を共にし、そして妖魔退治の仕事も行ってきたのだ。

結果は明らかだった。

「感じません」

「ああん？　どういうことだ？　やっぱり俺には《妖力》が無いのか？」

「そうじゃない。では小恋、私から《妖気》は？」

「烏風さんも同様ですね。感じません」

首を傾《かし》げる爆雷に、烏風は説明を開始する。

「小恋が私達から《妖気》を感じ取れなかったのには、それぞれ別の理由がある。一つ、私は現在《退魔術》を使用していない。つまり、《妖気》を外界に発散していない」

「俺も同じじゃねぇのか？」

「今のところはね。だが君の場合は、自身の中の《妖力》の存在すら自覚できていない。つまり君の場合は、《妖力》を外に発散する術を知らないということになる。逆に言えば、君は《妖力》を体内で使い規格外の怪力を発揮していたということだ。ここから、君の《退魔術》を発展させていく必要があるね」

「烏風さん、質問ですが」

そこで、小恋が尋ねる。

「爆雷の件はわかりましたが、烏風さんが先程言っていた件も気になります。《妖気》は《妖力》を発揮しないと発散されない。つまり……」

「そう。《妖力》を持つ者は意識してそれを抑え、《妖気》を発散させないようにすることもできる。妖魔の中にも、それを理解していて、実際に行うことのできる者もきっといるだろう」

そうなれば、小恋の感知からも逃れられる。

つまり、妖魔や《退魔士》だからと言って、必ずしも小恋の探知で見付けられるわけではない、ということだ。

この情報を知ることができたのは、何気に大きいかもしれない。

「君達は、ここから更に成長しなくてはいけない。まず、《妖力》を自覚し発露する訓練。次に、《妖力》を意識し操作する特訓だ。当然だが、《妖力》も《妖気》も目には見えない。自分自身で掴んで操るしかないからね」

◇◆◇◆◇◆

こうして、鳥風による《退魔術》のレクチャーが開始。

色々と指導を受けながら、特訓を続ける日々が始まった。

——そんな、ある日のことだった。

下女の宿舎周辺に戻り、色々と仕事道具等を仕入れてきた小恋は、現在内侍府の中を歩いている。

すると。

「最近、陸兎宮の状況が良くなってきているらしい」

そんな、宦官達の立ち話が聞こえてきた。

「なんでも、内侍府長が厳選した《退魔士》を一人雇ったそうだ」

「ほう。だから最近、陸兎宮の怪奇騒ぎを聞かなくなったのか」

「宮女達も戻り、宮も以前より綺麗に修繕されていると聞く」

「楓花妃も元気を取り戻したようで、最近ではどんどん美しさに磨きがかかっているとの噂でな」

「それは素晴らしい。まぁ私は以前から、あの妃にはそれだけの素質があると睨《にら》んでいたがね」

（……調子の良いこと言ってらっしゃる）

でも、これは良い兆候だ。

宮廷全体に噂が広がれば、いずれは皇帝の耳にも届くだろう。

小恋に直接命を下すほど、陸兎宮のことを気に掛けていたのだ。

これでひとまずは安心するはずだ。

「よし、風向き良好良好」

手応えを感じながら、小恋は陸兎宮へ帰る。

◇◆◇◆◇◆

で、宮に戻り雑用を済ませると、その日の訓練が開始した。

「《妖力》は腹の奥、丹田という部位から生み出される。そこに意識を集中するんだ」

小恋と爆雷は、いつもの中庭で、腹の前に両手を重ねるようにして仁王立ちになり、瞑目《めいもく》して集中している。

烏風から、《妖力》を操る方法を学んでいるのだ。

「ぐぅ……よくわかんねぇな。腹殴ったら出て来ねぇか？」

「出てくるわけないだろ。吐いて終わりだ。馬鹿なことを言っていないで集中したまえ」

「これは何の練習をしているんだい？」

「《退魔術》の訓練ですよ。こうやって《妖力》の自覚と操作を……」

そこで、小恋は気付く。

あまりにも自然に会話をしてしまったが、今登場人物が四人いた。

横を見る。

そこに、一人の男性が、小恋と同じポーズで立っていた。

異国の人間のような、白銀の髪に、同じ色の瞳。

身に纏《まと》っている衣服や装飾品、それらすべてから気品と高級感が窺《うかが》える。

どこか超然とした、不思議な雰囲気を醸す人物。

小恋は、思わず叫ぶ。

「こ、皇帝陛下!?」

その声に、爆雷と烏風も慌てて反応した。

「陛下……マジかよ！」

「この方が……」

爆雷は急いで背筋を伸ばし、烏風はその場に跪《ひざまず》く。

「また変わったことをやっているね、小恋」

皇帝は、表情を和らげ、小恋に微笑む。

「いつの間にいらしてたんですか……」

というか、どうしてここに？

この方はこの方で、神出鬼没だなぁ……。

『ぱんだー！』

小恋がそう思っていたところに、神出鬼没なもう一人（一匹）が現れた。

子パンダの雨雨である。

皇帝を発見し、嬉しそうに駆けてくる。

「元気にしていたかい、雨雨」

『ぱんだ～！』

「……不思議な生き物ですよね、その子」

小恋は、皇帝に言う。

皇帝のペットであり、言葉を喋《しゃべ》ることに加えてその身から《妖気》を発散する（つまり、《妖力》を持っている）パンダ。

本当に謎めいた子だ。

小恋の発言に対し、皇帝は微笑すると、雨雨の背中を撫でる。

「パンダは、先祖代々、皇帝一族と所縁《ゆかり》の深い動物でね。しきたりで歴代の皇帝達の傍《そば》には、ペットとして置くようになっているんだ」

「え、いいんですか？　そんな大事な子を、私が預かっちゃってて」

「構わないよ。きっと、小恋にも加護を与えてくれるはずさ」

そう言って、小恋をジッと見据える皇帝。

（……何だろう）

前に会った時もそうだったけど。

皇帝陛下が自分を見る時の目は、どこか、普通じゃない気がする。

小恋がそう思ったのと、同時だった。

「しゃおりゃーん、そろそろお茶の時間なのじゃー」

宮女達を連れた楓花妃が、てくてくとやって来た。

「……え？」

そして、小恋達の前に立つ人物に気付くと――。

「…………こここここここここここ、こここ皇帝陛下！！！？？？？」

鶏のような声を上げて飛び上がった。

「楓花妃、元気になってなによりだ」

そんな楓花妃の姿を見て、皇帝は一瞬おかしそうに微笑むと。

すぐに、キリッと真剣な顔になった。

「いずれ知らせが来ると思うが、近々君の宮に行く予定だ」

「へ……え？　あ、はいですじゃ！」

「楽しみにしているよ」

それだけ言って、皇帝はその場を去っていく。

（……あれ？　そんなに楽しみなら、ここで話でもしていけばいいのに）

まぁ、皇族のしきたりはよくわからない。

手順とかの関係で、そういうわけにはいかないのかもしれないけど。

「みんな……き、聞いたか？　遂《つい》に、皇帝陛下が妾の宮に来られるのじゃ」

一方、皇帝からの言葉に、楓花妃はフルフルと震えている。

皇帝陛下が、正式に陸兎宮を訪問すると宣言したのだ。

「い、急いで準備をしないと！」

それを聞いていた他の宮女達も、大慌てである。

「……あの方が、皇帝陛下か」

跪いた姿勢から立ち上がり、烏風が言う。

「不思議な雰囲気の方だったね」

「……………」

そんな中、爆雷が皇帝の帰って行った方向を、ジッと見詰めていた。

「どうしたの、爆雷、いつになく真剣な目して」

「当たり前だろ。俺の目標が、目の前に現れたんだ」

軽口を叩《たた》く小恋に、爆雷は言った。

「へ？　目標？　爆雷、皇帝になろうと思ってるの？」

「おいおい、頭の中の年齢が三歳くらいで止まっているのかい、君は」

「うるせぇ！　世界征服とか言ってた奴《やつ》が偉そうに言うな！　あと、目標ってのはそういう意味じゃねぇ！」

散々な言われように吼《ほ》え返すと、爆雷は改めて言い直す。

「ガキの頃からよ、俺はいつか、皇帝の禁軍《きんぐん》になるのが夢だったんだ」

「禁軍……」

禁軍とは、皇帝の近衛兵《このえへい》。

宮廷に仕える武官の中でも、ほんの一握りの上位実力者からなる強者《つわもの》の集団である。

「そして、そんな禁軍の中でも傑出した力量を持つ十人の近衛兵が、《禁軍十神傑》と呼ばれている。名実ともに、この夏国《シア》最強の戦士達だ」

「へぇ、こりゃまたわかりやすく、男の子が憧れそうな設定だね。当然、爆雷もその十ナンタラを目指してるんでしょ？」

「当たり前だろ。つぅか、何を隠そう俺の親父《おやじ》が、元《禁軍十神傑》の一人だったからな」

爆雷は誇らしげに言う。

なるほど、そんな関係性があったんだ。

「じゃあ、爆雷が武官になったのは、お父さんの影響だったんだ」

「まぁ、否定はしねぇ。そういやぁ、昔、親父が酔っぱらった勢いで伝説の禁軍兵の話をしてたっけな」

「伝説の禁軍兵？」

「おう。なんでも、事情があって歴史の表舞台からは抹消された、伝説的な強さの禁軍兵がいたんだと。っっても、泥酔した親父が口から出まかせに語っただけかもしれないけどよ。名前は確か、砦《サイ》――」

「ほら、無駄口はそこまでだ、鍛錬を続けるよ」

おっと、そうだったそうだった。

爆雷の話は強制終了、私達は引き続き、《退魔術》の訓練を行う。

――そして、その翌日、陸兎宮に皇帝陛下からの勅使がやって来た。

――正式に、皇帝陛下が楓花妃に会いに来る日取りが決定したのだ。

◇◆◇◆◇◆

――遂に、皇帝の訪問が決まった。

この事実に、陸兎宮内は当然色めき立つ。

楓花妃も宮女達も、興奮と緊張の入り混じった空気に襲われ、浮き立っている様子だ。

早い話が、ふわふわしている。

「と、とととと、当日はおめかしせねばならぬのう！」

「あ、あああぁ、当たり前ですよ楓花妃様！　なんといっても、こここここ、皇帝陛下がいらっしゃるのですから！」

「そ、そそ、そうじゃのう、えへへ」

この始末である。

そんな感じで、なんだかよくわからないけど笑っている彼女達を前に、小恋は嘆息すると――。

「はい、皆さん、まずは一旦落ち着きましょうか」

パンパン、と手を鳴らし、今一度冷静になるよう促す。

「皇帝陛下がいらっしゃるのは、そりゃ凄いことです。けど、それならそれで、こちらもちゃんと気合を入れてお出迎えの準備をしないといけませんよね？」

「そ、そうじゃ、ちゃんとせねば」

「小恋の言う通りよ」

そこで、宮女長の真音がいち早く平静を取り戻し、皆に指示する。

「当日は皇帝陛下だけではなく、地位の高い側近の役人の方々もいらっしゃるわ。当然、失礼の無いように出迎えなければ」

「そうね。特に、古参の重役達はしきたりや礼儀を重視する。楓花妃様が入宮してから陸兎宮に公式に訪ねて来られるのは初めてだし、この日の対応と見栄え次第で、楓花妃様の妃としての印象が一気に決まるわ」

真音の言葉を継ぎ、紫音も言う。

好印象を与えられれば、当然、楓花妃の妃としての位が上がる可能性もある。

位が上がれば、各役人達も陸兎州に対する印象を改めて、細かいところでの好待遇も望める。

「そういうわけです。皇帝陛下を万全の態勢でお出迎えできるよう、頑張りましょう」

小恋が言うと、皆が「おー！」と気勢を上げた。

気合は十分だ。

◇◆◇◆◇◆

というわけで、皇帝を招くための事前準備が開始された。

陸兎宮の内装や治安等に関しては、既に改善されたと宮廷内でも噂になっている。

となれば、そこからの更なる飛躍に挑まなければならない。

まずは、格好。

楓花妃は勿論《もちろん》、仕える女官の服等、皆の身なりを整える必要がある。

何せここ数日、清掃作業でいくら汚れてもいいような恰好《かっこう》をしていたので。

おもてなしは正装で行う以上――きちんと制服を着こなさなければならない。

「あ、こんなところにも！　服に虫食いの穴が空いてる！」

で、陸兎宮内にあった衣装をみんなでチェック。

不備が無いように確認をしていたのだが……。

予想以上に、虫食いの穴が多く見付かってしまった。

「楓花妃様の服だけじゃなく宮女の制服にまで、こんなにいっぱい……どうしよう」

「直すのは簡単だけど、継ぎ目が目立っちゃうし」

「交換してもらう？」

「でも、陛下がいらっしゃる直前に纏めて仕立て直しなんてしたのがバレたら、『普段どれだけ大雑把な管理をしてるのか』って嫌みを言われそう」

うーん……と、悩む宮女達。

「じゃあ、こんなのはどうでしょう？」

そこで、小恋が提案する。

裁縫用の糸を色鮮やかな刺繍《ししゅう》糸に変え、その糸で虫食いの穴を塞いでいく。

「小恋、それじゃあもっと目立っちゃうわよ？」

「いいんです。目立たせましょう」

数秒後、小恋がぎゅっと糸を絞ると、虫食い穴のあった場所に綺麗な刺繍の花が咲いていた。

「あら、かわいい！」

「綺麗ね」

「赤色や黄色とか、縁起のいい色の刺繍糸を使うんです。で、こんな感じで円を描くよう縫っていくと……お花の形になるので」

これなら服の模様にもなるし、穴も隠せて一石二鳥。

しかし、流石《さすが》は絹の服だ、針がするする入る。

ごわごわの麻では、こうはいかない。

と、別のところで感動している小恋ではあったが、彼女の提案した穴埋め法で、衣装の虫食い問題は改善に向かっていった。

◇◆◇◆◇◆

衣服補修の提案を終えた小恋は、続いて陸兎宮内の各所を見て回っている。

修繕した箇所に不備等が無いか、を確認しているのだ。

「……うーむ」

しかし、綺麗になったのは良いのだけど——その分、不要なものやゴミを色々と排除したので、逆に何も無い殺風景な場所が増えたような気もする。

（……ここら辺の無駄な空間は、収納スペースとかに改良できないかな？）

と、デッドスペースの活用法を考えていた——その時だった。

「きゃっ！」

近くで、誰かが悲鳴を上げて転ぶ音が聞こえた。

小恋は、その音がした方へ向かってみる。

「いたたた……綺麗になったのは良いけど、廊下が滑って仕方がないわ」

行ってみると、そこには転がったお膳や椀《わん》と共に、床に尻もちをついている宮女がいた。

「何してるんですか？」

「あ、小恋ちゃん。あのね——」

なんでも、彼女達はお膳を運ぶ練習をしているのだという。

皇帝陛下がいらっしゃる日には、当然だが宴《うたげ》も催す。

その時に恥をかかないため、今の内から練習をしているらしい。

「ああ、ダメ！　またこぼしちゃったわ！」

陸兎宮付きの宮女達は、比較的若い者が多い。

加えて、やはり緊張しているのもあるのだろう——料理やお酒の運び方を練習しているものの、まだ慣れないようだ。

楓花妃とは家族のように接してきた彼女達だ。

こういう細かい所作は、あまり気にしなかったのだろう。

「どうしよう……」

「だからと言ってお盆や膳に滑り止めを敷くと、難癖をつけられそうだし」

「昔の人はそういうのに厳しいからね」

「あ、じゃあ」

悩み、思案する宮女達に、ここでも小恋が提案する。

「お盆そのものを変えてしまうってのはどうでしょう」

「え？　お盆そのものを？」

早速、小恋は工作用の小刀（自前）を取り出すと、お盆の表面に刃を立て、何やら削って模様を入れていく。

一見すると、何の変哲もない、ただの丸形や波模様だ。

「実は、この模様はちょっとした細工を施してあって……」

小恋がお盆の上にお皿や椀を置くと、ちょうど、その彫った模様の溝にはまるようになっている。

おお！　と、宮女達が感嘆の声を上げる。

「こうすれば、食器の滑り防止にもなりますし、万が一何か言われても『彫刻の施された芸術性の高いお盆です』って言い訳できますしね」

「考えたわね」

「やるぅ！」

◇◆◇◆◇◆

——というわけで、小恋のアイデアも相俟《あいま》って、準備は順調に進められていった。

「真音さん、当日の楓花妃様の身支度ですが……」

夜、楓花妃と一緒に調理場にやって来た小恋。

そこで、色々と確認作業を行っている真音を発見する。

「どうしたの？　小恋」

「あ、忙しそうですね。また後にしますね」

「ごめんなさい。当日の料理や、お酒なんかの仕入れの準備もあって、色々とね」

加えて、食器や道具が人数分揃っているかなど、確認作業もしているようだ。

「大変じゃのう、真音」

「いえいえ、皇帝陛下がいらっしゃるのですから、これくらい当然です」

あ、そうだ、と。

そこで真音が、机の上に置かれていた封のされた甕《カメ》を見せる。

「ほら、これ。陸兎州で造られた地酒を取り寄せたの。当日は、これを皇帝陛下に味わっていただこうかなって」

「あ、いいですね。うちの父親も好きだったんですよ、これ」

だから陸兎州に住むことにしたんだ——とか、そんなことも言ってたっけな。

などと、昔のことを思い出す小恋。

「それに、当日は当然、銀食器を使わないとね」

言って、真音は綺麗に梱包《こんぽう》された状態の、銀製の食器一式を見る。

そうか、なるほど。

毒物の混入を防ぐ意味もあるだろうし、これは必需品だ。

「あ、それは……」

そこで、真音の用意した銀食器を見て、楓花妃が反応する。

「この銀食器は、珊瑚妃様からいただいたものじゃ」

「珊瑚妃様から？」

「入宮した当初、贈り物としていただいたのじゃ。皇帝陛下をお招きできるように頑張って……と。懐かしいのう」

「……」

珊瑚妃――ここ数日の、彼女の気に掛かる行動の数々を、小恋は想起する。

すると、そこで。

「楓花妃様」

調理場の外から、声。

振り返ると、そこに立っていたのは件《くだん》の珊瑚妃だった。

「珊瑚妃様、どうされたのじゃ？　こんな夜更けに」

「ちょっと、よろしいかしら？」

珊瑚妃に声を掛けられ、楓花妃と小恋は外へと出る。

廊下に立つ彼女の後ろには、以前の宦官はいない。

お付きの侍女達が数名、同行しているようだが。

「どのようなご用件ですじゃ？」

「皇帝陛下御来訪の話、小耳に挟みましたわ」

珊瑚妃は言う。

既に宮廷内に出回っている話だ。

彼女が知っていても、特におかしなことではない。

「はい、とても光栄なことですじゃ」

「そこで、一つ、楓花妃様にご提案があって来ましたの」

小首を傾げる楓花妃に、珊瑚妃は告げる。

「よろしければ、その陛下来訪の日、ここ陸兎宮でわたくし珊瑚妃も同席させていただき、合同で宴を催すというのはどうでしょう」

「珊瑚妃様と、合同で？」

珊瑚妃からのいきなりの申し出に、楓花妃も目を丸くする。

「ええ、妃が複数人で陛下をお出迎えするのは、別におかしいことではありませんわ。楓花妃様は、陛下を招いての酒宴の席は今回が初めて。何分、知らないことも多いでしょう」

「それは、確かに……」

「私は、今まで様々な宮を歩き回り、妃様達から色々と情報をいただいておりますの。自分で言うのもなんですけど、知識だけは豊富に取り揃えておりますわ」

だから是非協力したい、と、珊瑚妃は真っ直《ます》ぐな眼差しで言う。

「無論、今回の主宰は楓花妃様。私は、あくまでも協力者。その立場であることは、重々承知の上言動は慎みますから」

「……珊瑚妃様」

珊瑚妃の言葉に、楓花妃は徐々に顔を綻ばせていく。

「それは、願ってもないこと！　信頼する珊瑚妃様が一緒にいてくれれば、妾も安心ですじゃ！」

珊瑚妃の手を取り、是非！　と、承諾する楓花妃。

珊瑚妃も、笑顔で手を握り返す。

「………」

一方、小恋は、そんな珊瑚妃を怪しむように見ていた。

第七章 皇帝の来訪

かくして、遂《つい》にやって来た、皇帝陛下陸兎宮《りくと》来訪の日。

この日に催される宴《うたげ》は、白虎宮《びやっこ》――珊瑚妃《さんごき》も同席して合同でのお出迎えという形式に決定。

そのためか、珊瑚妃から楓花妃《ふうかき》に、できることがあれば何でも協力するとの申し出があった。

服や化粧品、食材や酒等、協力できるものがあれば何でも言って欲しい、と。

「……いえ、ありがたいですがお断りさせていただきましょう」

しかし、どこか気掛かりな小恋《シャオリャン》は、楓花妃にそう助言した。

今回、皇帝が訪ねる相手は陸兎宮の楓花妃。

あくまでも主役は、彼女なのだ。

ならば、もてなしの酒食は全てこちらで用意するべき。

珊瑚妃は、同席してくれるだけでありがたい――と。

「ふむ……小恋の言う通りかもしれぬ。わかったのじゃ」

楓花妃は小恋の言うことを聞き、珊瑚妃からの申し出を丁重に断った。

……無論、これらの理由はあくまで建前。

（……やっぱり、楓花妃様と違って、どこか珊瑚妃様は信用しきれない部分があるんだよね）

◇　◆　◇　◆　◇　◆

——現在、陸兎宮の入り口には、皇帝を出迎えるため宮内全ての人間が集まっている。

楓花妃をはじめ、全ての宮女と、下女の小恋。

「……おい、俺達《たち》も一緒にいていいのか？」

「君のことは知らないが、少なくとも私は現在後宮専属の《退魔士》で、この陸兎宮の警備を請け負っている立場だ。別におかしくはないだろう」

それに衛兵の爆雷《バオレイ》、《退魔士》の烏風《ウーファン》も。

『ぱんだ！』

『うさ！』

……それと一応、雨雨《ユイユイ》と雪《シユエ》も厳粛な面持ちで並んでいる。

「……！　来た！」

「シッ」

そんな彼女達の前に、皇帝とその側近達が姿を現した。

「凄《すご》い……重役の側近の方々も」

「やっぱり、皇帝陛下がいらっしゃるとなると、こんな感じになるのね……」

ひそひそと、小声で会話する宮女達。

「ようこそ、お越しくださいました」

一方、楓花妃は皇帝の前に立ち、出迎えの挨拶をする。

ぺこりと頭を下げ、練習した通りの言葉を紡ぐ。

「本日はお日柄も良く、陛下をお迎えするに相応《ふさわ》しい日となりましたこと、心より喜ばしい限りでございます……のじゃ」

「楓花妃」

若干、緊張で震えている楓花妃に、皇帝が言う。

「体調が回復したようで何よりだ」

厳格な声だ。

いつも、小恋といる時に見せるような柔和な雰囲気ではなく、どこか機械的で威厳に満ちた佇《たたず》まいである。

やはり、公の場ではこんな感じなのだろう。

「はい。ご心配をおかけいたしました」

「一時期、陸兎宮の中は大分荒れ果ててしまっていたと聞く。主として、宮の再興にはきちんと努めたのか？」

皇帝の言葉に、側近達もジロリと楓花妃を見る。

今日、彼等《ら》はただ陸兎宮に宴会をしにやって来たわけではない。

陸兎宮が再生したという噂《うわさ》は本当か、それを自身の目で確認しに来たのだ。

宮の管理は主である妃の務め。

宮が荒れていては、妃の管理能力が問われる。

妃は、とにかく皇太子を産めばいいというわけではない。

ゆくゆくは次期皇帝の母親――皇太后となる存在。

国の統治、政治にも関わる立場となる可能性がある以上、管理能力をはじめ様々な能力も妃の素養として評価される。

「は、はい、それは、もう」

（……あー、楓花妃様テンパってる）

あわあわしている楓花妃を見て、小恋は嘆息する。

無論、皇帝は先日一度、お忍びで陸兎宮を訪れている。

問題は無いと知った上での質問なのだろうけど。

しかし、楓花妃は、皇帝を迎えるのは初めての経験ゆえ――まだ自信が無いのかもしれない。

動作がぎこちない。

（……仕方がない）

そこで、小恋が動く。

「問題はございません」

宮女達の列に並んだまま、彼女は口を開いた。

皆がギョッとして、小恋を見る。

「おい、下女如《ごと》きが勝手に口を開くな！　陛下に向かって軽々しく――」

「いい、この下女の話は聞いている」

側近の宦官《かんがん》の一人が苦言を呈したが、それを皇帝が自ら制した。

「中々面白い下女が見付かったと、内侍府《ないじふ》長の水《スイ》が言っていた。陸兎宮の改善にも一役買っていると。その実力の程は、これから見て確かめればいい」

皇帝の言葉に、側近は「この小娘が、内侍府長の言っていた例の……」と呟《つぶや》きながら引き下がった。

何気に、皇帝陛下が丸く収めてくれた。

「では、案内をしてもらおう、楓花妃」

「は、はい！」

というわけで、皇帝と側近達は、陸兎宮の現状を確かめるべく、宮内の巡回を開始する。

案内するのは、楓花妃と小恋。

その後ろに、爆雷や烏風等、他の面々も続く。

「……ん？」

そこで、ふと、側近の一人が何かに気付いた。

「おい、お前」

その宦官は、宮女達の制服のところどころに、刺繍《ししゅう》が施されているのを発見したようだ。

小恋の案で、虫食いの穴を塞いだ刺繍だ。

「何だそれは？」

「あ、これはですね……」

「まさか、由緒ある宮女の制服に勝手に細工をしたのか？」

宮女が説明しようとしたところで、宦官が怖い顔をした。

あら、いちゃもんをつけられてしまったか――と、小恋は嘆息する。

「しかも、お前だけではないな。どの制服にもあるぞ」

「も、申し訳ござ……！」

慌てて宮女が謝ろうとした――その時だった。

「ふむ」

その刺繍を見て、皇帝が呟いた。

「それは……牡丹《ぼたん》の花か」

（……お？）

皇帝のコメントに、小恋は小さく驚く。

赤い花びらと、中央の黄色い部分。

そう――小恋がアイデアを出して施した刺繍の花は、確かに牡丹をイメージしたものだったからだ。

「はい。その通りでございます」

すかさず、小恋が口を挟む。

「この夏国《シア》では、牡丹はとても縁起の良い花。なので、今日この日のため宮女全員であしらってみました」

一応、何か小言を言われた時の言い訳用に考えていたのだが――皇帝に先に気付かれてしまった。

小恋の発言に、「そうか、牡丹だったか……」「昔から、牡丹は女性の美しさに喩《たと》えられる名花であるしな……」と、宦官達は少し感心しているようだ。

この場も、丸く収まった。

(……皇帝陛下、ナイスアシストです)

小恋がチラリと見ると、そこで皇帝が皆に見えない角度で、微笑《ほほえ》みながら小恋に向かって片目を「ぱちっ」と閉じたのがわかった。

(……あれ？　もしかして、本当に助けてくれたのかな？)

公の場ゆえ、厳格な皇帝陛下を演じているが、やっぱり中身はいつもの彼だ。

小恋は、少し安心する。

更に、そこからしばらく宮内を歩いていると――。

「これは、何だ？」

廊下の一角に、いきなり木製の柵のようなものが現れた。

それを見て、皇帝が疑問を呈す。

「はい。広さが中途半端で特に使い道も無く、放置されていた空間を収納場所に変えてみました」

小恋が木の柵を引くと、蛇腹状に伸縮する。

これは、簡易的な木製の扉だ。

隙間があるため、一応外からもそこに何があるのか見ることができる。

「どうでしょう?」

「持て余した資材を有効活用することは、とても良いことだ」

感心する皇帝。

すると、そこで。

「そういえば、右府大臣殿の詩が書かれた壁はどこにあるのだ? 確か、中庭の前あたりだと聞いていたが」

側近の一人が、キョロキョロと見回しながらそう言った。

ドキッ、と、その場にいた全員の胸が早鐘を打つ。

「彼から、陸兎宮に訪れるのであれば是非ご覧あれと言われていたのだが」

おのれ右府大臣、余計な発言を……。

「あ、あれは、その……」

何か言い訳をしようとする楓花妃だが、良い言葉を思いつかないらしい。

仕方がない、正直に言おう。

と、小恋が口を開こうとしたところで。

「日当たりの関係もありまして、俺が壁ごとぶっ壊しました」

爆雷が、先に言い放った。

「な、なんだと！　お前、それは本当か!?」

当然、側近達は目を見開く。

「ちょっと、爆雷！　私は!?」

「うるせぇ、黙ってろ。壊したのは俺一人だ」

小恋が慌てて口を挟むが、爆雷は譲らない。

小恋の頭を摑《つか》み、グイグイと自分の体の後ろに隠そうとする。

くっ、この怪力め。

「な、なんということを……自分が何をしたのか――」

「そうか」

どよめく側近の宦官達の一方、皇帝の声は涼やかだった。

「だが、その壁が無くなったおかげで、この風流な庭園を眺めることができる」

皇帝の視線の先には、いつも小恋達が特訓に使ったり、楓花妃と一緒に運動をしたりしている広い中庭が広がっている。

体を動かしやすいように、雑草や石を取っ払って整備したのだが……その結果、かなり広々として見栄えの良い庭になったのも事実である。

「た、確かに……」

「流麗だ。まぁ、右府大臣の詩の件は仕方がない。心の広い彼のことだ、作品が欲しければ、またお願いすれば快く引き受けてくれるだろう」

皇帝のその発言に、側近達も何も言わなくなる。

爆雷の立場は守られた。

そこで再び、皇帝が小恋にだけ見える角度で、ニッと微笑んだのがわかった。

（……陛下、凄く好《い》い人なのかも）

◇◆◇◆◇◆

――というわけで、宮内の見回りは滞りなく終了。

特に強く叱責されることもなく、むしろ印象は良好であったと思われる。

「あの陸兎州の妃が……」「まだ若いのに……」「もしや、潜在能力があったのでは……」などと、側近達も何やら真剣な顔で話をしていた。

そしてこれより、宴の席である。

「お待ちしておりましたわ、皇帝陛下」

宴が開かれるのは、陸兎宮の奥にある大広間。

そこには既に、珊瑚妃が待機していた。

彼女の登場は皇帝や側近達に伝えていなかったので、驚いている様子だ。

「此度《こたび》の宴、私もご一緒に花を添えさせていただきます」

「ほう、妃二人での歓迎とは、豪勢だな」

と、側近達も満更ではない様子だ。

宮女達が、宴の準備を進めていく。

「小恋、小恋……」

そんな中、楓花妃が小恋を呼ぶ。

二人は宴会場の大広間の外に出た。

二人きりだ。

「どうしたんですか？　楓花妃様」

「小恋……その」

言い淀《よど》み、数回口をもごもごとした後。

「あ、ありがとう、なのじゃ」

と、いきなり楓花妃は言った。

「え、何が、ですか？」

「あ、ごめんなのじゃ。その、今までちゃんと、小恋に感謝の意を述べたことがなかったから……」

顔を赤くし、楓花妃はおずおずと語る。

「小恋達のおかげで、今日の皇帝陛下の訪問は大成功じゃ。陛下のみならず周囲の重役の方々も、陸兎宮にとても良い印象を持ってくれておる」

そこで、彼女はスッと表情を曇らせる。

「……妾《わらわ》は、ずっと一人じゃった。陸兎州を救うため、父上から使命を授かり後宮にやって来たものの、正直ずっと不安で……案の定上手《うま》くいかず、けれどどうしたらいいのかもわからず、せめて自分を慕ってくれる宮女達に〝呪われた宮〟の魔の手が伸びないように、彼女達を逃がした……でも、一人はやはり寂しかった。孤独じゃった」

「……」

「そんな時、小恋が現れて妾を助けてくれた。冷静で、色々な知識を持っていて、頼り甲斐《がい》があって……妾は小恋のことを、姉のように思っていた。心の中ではずっと、小恋のことをお姉ちゃんと呼んでいたのじゃ……」

照れながらも、本音を語った楓花妃は、そこでぐっと、小恋の手を握る。

「小恋、お願いじゃ。これからも、頼りない妾を助けて欲しい。その、できれば、ずっとずっと、妾の傍《そば》で……」

後になるにつれて、声が小さくなっていく。

対し、小恋は、溜息《ためいき》を吐《つ》きながら――。

「お安い御用ですよ、それくらい」

後宮のドロドロした争いに巻き込まれてしまった少女。

高い理想を持っていても、まだまだ幼い、子供だ。

彼女を安心させるために小恋が言うと、楓花妃はパッと顔を綻ばせた。

「さ、行きましょう。中で、皆が待ってますよ」

「うむ！」

酒宴が始まる。

皇帝陛下をお迎えする役務は、まだ終わっていない。

小恋は楓花妃の手を取り、宴会場へと向かう。

まるで、本当の姉と妹のように。

◇◆◇◆◇◆

遂に始まった、楓花妃、珊瑚妃合同での宴の席。

陸兎宮の奥の大広間。

上座には皇帝陛下が。

少し距離を取って楓花妃と珊瑚妃の席が設けられており、両サイドに花を添える形となっている。

楓花妃の横には、『傍にいて欲しい』という要望通り小恋が。

「俺達はメシ食っちゃいけねぇのか?」

「何を言っているんだ、君は。あくまでも私達の役目は護衛だよ」

その後方に、爆雷と烏風が控えている。

……一方、珊瑚妃の横には宦官が一人。

今日は口元のみならず、顔まで黒い布で隠している――あの宦官だ。

皇帝付きの側近達にも席が用意されており、皆着座して各々会話を交えている。

「珊瑚妃……楓花妃とは普段から仲が良いのか？」

皇帝が、左側の珊瑚妃の方を向いて問い掛ける。

「ええ、とても」

珊瑚妃が、ニコリと微笑みながら答える。

「珊瑚妃様には、とても良くしてもらっていますのじゃ！」

と、楓花妃も言う。

そこで、ちょうど宮女達が料理やお酒を運んできた。

事前に小恋のアイデアが採用された、彫刻の施された盆や膳を使い、静々と広間に入ってくる。

皇帝の前にも膳が用意される。

使われているのは、当然銀食器だ。

「お注《つ》ぎいたします」

宮女長の真音《マオン》が、陸兎州から取り寄せた酒の入った甕《カメ》を持ってきた。

小恋の父も好きだと言っていた、あのお酒――。

（……ん？）

ふと、小恋はそこで、甕の封が微妙にずれていることに気付く。

（……いや、気のせい、かな）

考える間も無く、封はすぐに切られ、銀の盃《さかずき》に酒が注がれる。

「食前にこちらを。陸兎州から取り寄せた高級地酒です」

「うむ」

そこで、皇帝が居並ぶ側近達に目配せをする。

今のところ、銀の盃に反応は無いので大丈夫だとは思うが、側近達の中から一人、毒見役が進み出ようとする。

その時だった。

「お待ちを」

声を発したのは、楓花妃だった。

「毒見の役は、妾がさせていただきますのじゃ」

「え？」

予想外の申し出に、小恋も思わず声を漏らす。

事前には、何も聞かされていない。

（……どういうこと？）

疑問符を浮かべ、楓花妃を見る小恋。

彼女は、真剣な眼差《まなざ》しを皇帝に向けていた。

◇　◆　◇　◆　◇　◆

——話は、少し前に遡る。

宮内の見回りが終わり、宴が始まる直前。

珊瑚妃が、秘密裏に楓花妃を呼び出していた。

『どうかしたのですか？　珊瑚妃様』

『楓花妃様。一つ、お尋ねしたいことが』

他には誰もいない——二人だけだ。

そんな中で、珊瑚妃が楓花妃に問い掛けた。

『楓花妃様は、今回の皇帝陛下のお迎えを、最高の形にしたいとお望みですか？』

『え？　そ、それは当然。そうなることが最善ではないのですか？』

珊瑚妃の質問の意味がわからず、楓花妃は戸惑う。

『伺った話によると、この宮はあの下女達のおかげで再生し、怪奇現象も《退魔士》の者が来てから鳴りを潜めたと聞きます。皇帝陛下の評価も上々でしょう』

『うむ！』

嬉《うれ》しそうに頷《うなず》く楓花妃。

対し珊瑚妃は、真剣な面持ちで言う。

『しかし、それはあくまでも楓花妃様の周りの者達の評価。楓花妃様ご自身の印象は、いまひとつ強く皇帝陛下には残らないのでは』

『う……』

そう言われ、楓花妃は俯《うつむ》いた。

『確かに……妾は何もしていないのと同じじゃ』

『そこで、私から楓花妃様にご提案がありますの』

ニコッと微笑み、珊瑚妃は言う。

『ここで、楓花妃様ご自身が陛下や周囲の側近の方々に一目置かれるような行動を取れば、貴女《あなた》自身の評価も上がる。何より、貴女のために尽くしてくれた皆への恩返しにもなるのでは。成長した姿を見せられるのですから』

『な、なるほど！』

それを聞き、楓花妃も真剣な顔になる。

『珊瑚妃様！　では、妾は何をすればよいのじゃ!?　是非、ご教授いただきたいのじゃ！』

『では、お耳を』

警戒するように周囲に視線を走らせた後、珊瑚妃は楓花妃の耳に唇を近付けた。

『他の宮の、陛下を迎えた経験のある妃様から聞いた話なのですが……昔、陛下が初めて宮に訪れた時、本当にその妃が皇帝のために尽くす器量の持ち主かを測るため、酒宴の席にて妃自身に毒見をさせるならわしがあったそうです』

『ふむふむ……』

『この後の酒宴の席にて、陛下にお酒が注がれた際、先んじて毒見を申し出れば、よくできた妃だと思われるでしょう』

『ほう！　なるほど！』

珊瑚妃のアイデアに、楓花妃は深く感心する。

『大丈夫。事前に銀盃《ぎんぱい》の反応を見て、毒が含まれていないとわかった上でのことだし、あくまでも側近達に対するパフォーマンスですから。古いならわしだけど、礼儀にうるさい重役達に好印象を与えられますわ』

本当、礼儀としきたりにうるさい場所よね――と、珊瑚妃は笑う。

そんな珊瑚妃に、楓花妃は……。

『……珊瑚妃様は、どうして妾のためにそこまでしてくれるのじゃ？』

そう、率直な疑問をぶつけた。

『………』

『珊瑚妃様も、まだ皇帝陛下のお渡りが無いとお聞きしますのじゃ。なのに、言うなれば競争相手でもある妾に、どうしてここまで……』

『……楓花妃様のことは、貴女が入宮した時からずっと気に掛けていたの』

楓花妃の疑問に、珊瑚妃は真《ま》っ直《す》ぐ答える。

『まだ幼い、年下の妃……この混沌《こんとん》とした争いが渦巻く後宮へ、その身一つに重責を担わされやって来た女の子……ただ単純に、力になりたかったの。微力かもしれないけど、ずっと』

『珊瑚妃様……』

『確かに私達は競争相手。でも今回は、全力で応援しますわ』

だからと言って、負けを認めたわけじゃない。

絶対に追い付くからね。

そう言って、珊瑚妃は微笑んだ。

『……珊瑚妃様は、本当に優しい方じゃ』

楓花妃は、目元を拭う。

小恋といい、本当に自分は人の縁に恵まれている。

心底——そう思えた。

『いいですね、楓花妃様。決して、周りの者には言わないように、秘密のままいきなり行うのですよ』

『わかったのじゃ！』

◇◆◇◆◇◆

「毒見の役は、妾がさせていただきますのじゃ」

時間は戻り、現在。

そういった経緯から、楓花妃は自ら率先して毒見を申し出た。

「妃自ら、毒見を……」

「ほう……これは殊勝な」

と、感心する側近達。

「必要ないぞ、楓花妃。毒見役はいる」

その申し出を断る皇帝だが……。

「いえ、是非！　妾に、妃としての覚悟を！」

「……そ、そうか」

そう強く出る楓花妃に、仕方なく、皇帝も応じることとなった。

一方、小恋はこの事態を怪しんでいた。

楓花妃の行動は、自ら毒見役を買って出て、皇帝陛下への忠誠心を示す……そういった類のものだろう。

その行動自体には、理屈が通っている。

楓花妃自身の思い付きなのかもしれない。

が、何か引っかかる。

（……何かが、あった？）

そこで、小恋の視界に、珊瑚妃の姿が映った。

楓花妃へ向ける目は、ことの成就を願い、成り行きを見守るよう。

しかし、純粋に、楓花妃の行動の成功を望むようなものとは、何か違って見えた。

（……まさか……）

小恋は、瞬時に意識を集中させる。

《妖気》の探知。
探知の針を向ける先は、皇帝の銀盃。
……が、酒からも盃からも、何も感じない。
「………」
理由はわからない。
銀食器にも反応は無い。
《妖気》も感じない。
……だが、嫌な予感がする。
（……どうすればいい）
どう行動することが最善なのか？
考えている間にも、盃は楓花妃の手に渡る。
「……まさか」
そこで、ふと、父の記憶が蘇《よみがえ》った。
厳密には、父が語った妖魔の情報。
特に、〝要注意〟と称していた、そんな情報の中に――。
（……もしかして……でも、〝あの妖魔〟が関わっているのだとしたら……）
そして考える。
最悪の状況を想定し、この事態を突破する方法を。

（……珊瑚妃……銀食器）

――思い付いた瞬間、口が開いていた。

「待ってください」

唇に盃を近付け、酒を口に含もうとした寸前――小恋が、楓花妃を止めた。

「小恋？」

「楓花妃様。そういえば、今回の皇帝陛下の膳に使用させていただいている銀食器は、珊瑚妃様からの贈り物ではなかったでしょうか？」

小恋の言葉で、楓花妃の毒見は中断される。

「う、うむ、その通りじゃが……」

珊瑚妃や側近達、爆雷や烏風も、小恋のいきなりの行動にざわつく。

そんな中、小恋は淡々と話を進める。

「そして、今回使うのが初めて」

「うむ……」

「楓花妃様も、同じ陸兎州の出身であればご存じでしょう。陸兎州には、『贈り物をいただいた際には、まず贈り主に礼としてお返しをする。食材なら料理を作って一口目を食べてもらい、食器なら一番に使用してもらう』という風習があります」

「え……え？」

小恋の発言に、楓花妃は首を傾《かし》げる。

自身の無知に焦っているのか……。

否、これは小恋が適当に作った出任せだ。

重要なのは、礼儀やしきたりを重視するこの場で——。

「楓花妃様、毒見役を買って出るのはまたの機会に。本日はまず、同席し共に宴を盛り立ててくださっている珊瑚妃様に、礼をお返しするべきでは」

逆に、珊瑚妃を追い込み、状況を読み解く。

「それが、節度というものです」

小恋の発言に、楓花妃も珊瑚妃も、目を見開く。

「え、え、でも、小恋……」

「ご承諾ください、楓花妃様。礼を欠きますよ」

小恋が強く言うと、楓花妃は「ふぇっ」と怯《おび》えた声を出した。

ごめんなさい、楓花妃様……でも今は、事態の把握が先決。

そう心の中で謝る小恋の視線の先には、どこか焦った様子の珊瑚妃がいる。

「い、いいえ、お構いなく……楓花妃様にまず毒見役の誉をと思い……」

「では、それこそ珊瑚妃様にお譲りするべきこと」

困惑する珊瑚妃に対し、小恋も譲らない。

「いや、古いしきたりだ、何もそんなことをする必要は……」

どうにも吞《の》み込めない状況に、皇帝も口を挟もうとする。

が、そこで、小恋が皇帝に目配せをした。

「……」

小恋の強い視線から、皇帝も何かを感じ取ったのだろう。

「……珊瑚妃、せっかくの申し出だ、受けてはどうだ。陸兎州のならわしに則《のっと》り、其方《そなた》への礼を尽くすと言っているのだ」

「え」

そう、小恋を援護しだした。

「安心しろ、銀食器には何も反応は無い」

「は、あ……はい」

「ほら、楓花妃様。珊瑚妃様に盃をお渡しして」

「は、はいですじゃ」

あわあわと、銀盃を珊瑚妃の下まで持っていく楓花妃。

渡された盃を前に、珊瑚妃は停止する。

小恋は睥睨《へいげい》する。

これで……わかるかもしれない。

彼女が、何をしようとしていたのか。

◇　◆　◇　◆　◇　◆

（……どうしてこんなことに……）

――一方、珊瑚妃の内心は焦燥感の嵐に襲われていた。

実は、あの甕の中の酒には、事前に〝毒〟が仕込んであったのだ。

仲間の宦官――今、隣に座っている《邪法士》が用意した、銀食器にも反応しない、特殊な〝妖魔の毒〟。

現在の化学では分析できない、未知の毒――と、聞いている。

彼は問題無く仕込んだと言っていた。

筋書きは単純。

得体の知れない《退魔士》達に誑《たぶら》かされ、楓花妃は皇帝の毒殺を目論《もくろ》んだ。

皇帝の前で自ら毒見を行い、潔白を装い、特殊な毒で皇帝を殺そうと考えていた。

それを事前に察知した珊瑚妃は、自身の機転で逆に楓花妃に毒の酒を飲ませ、皇帝を救った。

そして、それに共謀していた小恋をはじめとする陸兎宮の仲間達全員に皇帝暗殺未遂の疑いをかけ、問答無用で全滅させる。

単純――実に簡単な筋書きだったのだ。

珊瑚妃の額から汗が噴き出す。

彼女は隣に座る、顔を隠した宦官の方を、一瞥《いちべつ》する。

この筋書きを考えたのは、この《邪法士》だ。

……しかし、助けを求めても《邪法士》は微動だにしない。

そうこうしている内に、動きの止まった珊瑚妃の様子に、側近や宮女達も訝《いぶか》り始める。

いつまでも止まっているわけにはいかない。

考えなければ。

珊瑚妃は、手の中の盃を――その中で揺蕩《たゆた》う、一見何の変哲も無い酒を見る。

(……これ、飲んでいいの？)

否、飲んでいいわけがない。

間違いなく、毒を仕込んだと言っていた。

どうしてこんなことに――。

そこで、珊瑚妃は思い付く。

(……そ、そうよ！　楓花妃に飲ませることはできなくなったけど、こうなったら、この場で酒の中に毒が仕込まれていると暴露すれば！　そして、それは楓花妃の仕業だと――)

……いや、待て。

そもそもこの毒は、人間の体内に入った後、勝手に作用するものなのか？

それとも、体内に入った後、何らかの邪法で作用させるものなのか？

それ次第で口にする情報を色々と整理しないと、ボロが出てしまう。

既に当初の筋書きから外れてしまったのだ、新しい物語を頭の中で作り上げないといけない。

しかし、そんなことをしている余裕も時間も無い。

(……くっ……この《邪法士》も、どうして事前に正確な情報を話してくれなかったのよ！　こんなことなら、もっと細かく打ち合わせしておくべきだった！)

ダメだ、頭が回らない。

この場にいる全員が、自分に注目している。

妙な言動はできない。

どうすればいい。

どうすれば――。

「ど」

頭に血が上り、珊瑚妃は叫び出した。

「どうすればいいのよ！　黙ってないで、何とか言ってよ！」

手にした盃の中身を床にぶちまけ、彼女が吼《ほ》えた相手は隣の宦官。

その光景に、全員が絶句する。

そんな中、宦官は小さく溜息を吐くと――。

「……ここまでか」

――そこからの、宦官の行動は迅速だった。

彼の体から邪気が浮き出る。

かつて、月光妃《げっこうき》が妲己《だつき》を身に宿していた時のような、あの邪気だ。

自らの身に、妖魔を宿している証拠。

同時、彼の腕に重なるように、毒々しい色合いの〝翼〟が顕現した。

彼が腕を振るうと、その動作に連動するように、浮かび上がった〝翼〟も振るわれる。

そして、その〝翼〟から〝羽根〟が数本、皇帝に向かって発射された。

全員の反応を待つ間も無く行われた、凶行。

毒々しい色の羽根は、弾丸のように真っ直ぐ、皇帝の体に――。

「あ――」

――その前に、楓花妃が飛び出した。

一瞬のことだった。

珊瑚妃に盃を渡し、自分の席の手前で珊瑚妃の動向を見守っていたため、楓花妃が誰よりも皇帝に近かった。

楓花妃が、皇帝の盾になるべく身を挺《てい》する。

発射された数本の〝羽根〟は、楓花妃の体に突き刺さった。

「あ、ぁ……」

「楓花妃様！」

崩れ落ちる楓花妃。

小恋が、慌てて立ち上がる。

「な、何事だ！」

「珊瑚妃とあの宦官は一体――」

「楓花妃様！」

いきなりのことに、側近達や宮女達はパニックを起こす。

「全員、動くな」

そこで、宦官が自身の身に纏《まと》う宦官服を開く。

前開きの上着の内側には、大量の札が犇《ひし》めいている。

宦官が何かを唱える。

瞬間、夥《おびただ》しい数の男達が、大広間の入り口を破壊しながら突っ込んできた。

全員が青白い肌で、牙を剝《む》き、呻《うめ》き声《ごえ》をあげている。

キョンシーの大群だ。

「そこの楓花妃が毒殺を企てたと見せかけ、その混乱に乗じ、密《ひそ》かに皇帝を暗殺するはずだったが
……仕方がない」

寄り固まってガタガタと震える側近や宮女達。

広間を埋め尽くすキョンシー。

倒れた楓花妃に寄り添う、小恋、爆雷、烏風。

そんな中、宦官は、皇帝に言う。

「皇帝、貴様を殺しに来た」

「……お前は……まさか」

皇帝は眉を顰《ひそ》める。

宦官は顔を隠したまま、左手を見せる。

その左手に、奇妙な形をした金属が握られていた。

丸い枠の中に、縦一直線に細い棒がついた、そんな形の金細工。

「……やはり、邪教団の者か」

皇帝は呟く。

この国の闇に存在する、現皇帝一族を暗殺し、自分達が国を支配しようと目論む者達――。

「我等《清浄ノ時》。これより、浄化を開始する。まずは、大罪を犯した支配者の一族。その血を、この場で滅ぼす」

――一方、小恋をはじめ、鳥風、爆雷は、倒れた楓花妃の傍に膝を突く。

「楓花妃様！」

「……しゃぉ……」

小恋が、楓花妃の衣服をずらす。

羽根が突き刺さった箇所を見ると――その部分の皮膚が、青紫色に変色していた。

じわじわと、その範囲も拡大している。

「おい、小恋！　こいつは――」

「探知したよ。間違いない、《妖力》を感じる」

小恋は呟く。

これは、妖魔による攻撃。

間違いない——あの宦官は、自身に〝あの妖魔〟を宿している。

そう、小恋は確信した。

「妖魔の体から生み出された、特殊な毒。楓花妃様の体は、その毒に蝕《むしば》まれてる」

◇◆◇◆◇◆

「……………」

小恋と爆雷の一方——。

烏風は、倒れた楓花妃の手を取っていた。

既に呼吸も脈拍も弱まっている。

目に宿る光も仄《ほの》かだ。

小さな手。

まだ幼い少女が今、残酷な死に向かっている。

——信じた者に騙《だま》され、利用され。

「……………」

烏風は、思い返す。

それは、彼が陸兎宮にやって来てしばらく経《た》った頃のこと。

楓花妃と、少し会話を交えたのだ。

『烏風殿』

廊下の途中で、見回りついでに小恋と爆雷の鍛錬法を考えていた烏風へと、楓花妃が話しかけてきた。

『烏風殿は、小恋のことが好きなのじゃ？』

出し抜けな質問に、烏風は一瞬目をパチクリさせる。

おそらく、あの夜——キョンシー達が陸兎宮を襲った、あの日のことを思い出して、楓花妃は言っているのだろう。

どこかドキドキした様子で尋ねてくる楓花妃に、烏風は苦笑する。

『はい、好きです』

『のじゃ!?……ひ、人前ではっきり言えるなんて、烏風殿は凄いのじゃ』

『ふふっ、楓花妃様、しかし一つ勘違いされませんように』

烏風は訂正する。

『私が彼女に抱いている感情は、男女の恋愛のそれとは違う。彼女という存在そのものに、私は惚《ほ》れ込んだのです』

『のじゃ？　のじゃー……』

よくわからないのか、楓花妃は小首を傾げている。

『小恋と一緒に、世界を征服したいと言っておったが』

『まぁ、言葉の綾《あや》ですが、本意ではありますよ』

烏風は言う。

普段は、あまり本音を人には話さないのだが……まだ未熟な彼女には、語ってもよく理解できないだろう、問題無いだろうと思ったからだ。

『私は、人間が嫌いなのです。特に、悪意や欺瞞《ぎまん》に染まった人間が』

『……』

『私は、ある《退魔士》の家系に生まれました。正妻の子ではなく、妾《めかけ》の子として。当然、由緒ある家ですから、私は良い扱いを受けない。私の母も同様だった。しかし、それは仕方がないことだと割り切っていましたし、どうでもよかった。母と私、二人で支え合えば、生きていける。そう思っていました』

烏風は語る。

『しかしある時、私の中の《退魔士》としての才能が本家の跡取り達をも凌《しの》ぐ程のものであることが判明しました。当時から、《退魔士》の家同士の争いもあり、優れた跡取りが欲しかったのでしょう。私は、実の子として本家に迎え入れられました……そして母は、二度と本家の敷居を跨《また》ぐことも、私の前に顔を出すことも禁じられた』

――お前はもう、本家の跡継ぎとなったのだ。今までとは違う。

――お前は優れた存在だ、これからの生活は今までよりも良いものになる。

――あの女は邪魔だ、お前の未来のためにも。

――お前は選ばれし者、あの女のことは忘れろ。

――むしろ、お前は救われたのだ、感謝しろ。

『……この世界にいると、多くの腐ったものや汚いものを見ることになります。私は、そんなすべての汚い人間共……いや、最早《もはや》人間ですらない、芥《ゴミ》の如き猿共が嫌いでした』

烏風は、軒先から空を見上げる。

『小恋は、素晴らしい才能を持つ存在。彼女のような存在は残し、汚物は排除する。そうやって綺《き》麗《れい》な世界を生み出したい。〝お前達は選ばれなかった存在だ〟と知らしめてやりたい。それが私の望みですよ。絵空事のような願望です……まだ、君には言ってもわからないとは思うけどね』

『……そうか』

話を聞き終わり、楓花妃は烏風に言う。

『烏風殿は、母上のことを愛していたのじゃな』

『……』

『大切な人が、自分のために尽くしてくれたから、その恩に報いるために頑張りたいのじゃな』

楓花妃は、自身の胸に手を当てる。

『妾も、小恋にはとても助けられた。いや、小恋だけじゃないのじゃ。真音や紫音《シオン》や、みんなに助けられた。だから、みんなのために頑張りたい。烏風殿と、一緒なのじゃ』

『……ふは』

『のじゃ？』

純粋な楓花妃の反応に、烏風は笑ってしまった。

彼女は、残るべき人間だ。

鳥風の基準に照らして、素直にそう思った。

――そして、今、彼女は死にかけている。

「……………」

死に瀕《ひん》した楓花妃の、その手を握る鳥風。

その耳に、あの宦官――邪教団に所属する《邪法士》だとかいう男の声が、聞こえてくる。

「今のこの国は間違っている。数多《あまた》の屍《しかばね》の上に樹立した新国家も、自らを皇《すめらぎ》の帝《みかど》などと名乗る傲慢な一族も、破滅させ我々が支配者となる」

「皇帝陛下、違います、私は――」

珊瑚妃が、床に這《は》い蹲《つくば》って何やら喚《わめ》いている。

「私は、利用されていただけです！　皇帝陛下を暗殺しようなどと、決してそんな！」

「この女は役に立った。妃という立場にあるものの、付け入る隙のある女だったからな。皇帝のすぐ近くにまで接近できる、確実に仕留められる、そんな状況を生み出すために利用させてもらった」

「ほら！　私は何も知らなかった！　何も知らなかったのです！」

無様に言い訳する珊瑚妃。

べらべらと自身の正義を説く《邪法士》。

かつて、自己の利のために鳥風を利用しようとした本家の人間達が重なる。

烏風の未来のため、自ら行方を晦《くら》ました母と楓花妃が重なる。

「……芥猿共《ゴミザル》」

烏風の口から洩《も》れたのは、呪詛《じゅそ》の言葉だった。

「さて、これより――」

《邪法士》が動く。

皇帝陛下に向かって腕を伸ばす。

「……ん?」

――その皇帝と《邪法士》の間に、小恋が立ち塞がった。

「………」

思わず、烏風も目を見開く。

《邪法士》は、訝るように顎を引いた。

「どけ、小娘。これより清浄である。お前達の出る幕は――」

「爆雷!　烏風!」

小恋のバカでかい咆哮《ほうこう》が、広間に轟《とどろ》いた。

その声に、喚いていた珊瑚妃も、偉そうにふんぞり返っていた《邪法士》も、たまらず黙る。

「立って!　楓花妃様を助けて、なおかつ皇帝陛下を守る!　そのための最短最善の道はどこにある!?」

「……決まってんだろ!」

続いて、爆雷がこぶしを鳴らしながら小恋の横に立つ。

「このボケもキョンシー共も全員ぶちのめして陛下を守り、楓花妃は大急ぎで医者に連れていく！　このボケは解毒の方法を知ってるかもしれねぇから殺さず生け捕りが最適！　以上！」

「流石《さすが》大猩々《ゴリラ》！　よくわかってる！」

バシン、と、爆雷の腕を叩《たた》く小恋。

「………ふっ」

烏風は嘆息する。

本当にぶれない。

彼女も、爆雷も、この状況で正しい道が見えている。

「……どけ、清浄の時間を汚す下郎ども。貴様等の相手はこいつらだ」

《邪法士》の言葉と同時、数体のキョンシー達が飛び掛かってくる。

この日のために用意した、《妖力》を込めた死体達なのだろう。

襲来するキョンシーに、小恋と爆雷が身構える。

「森羅潜みし万象の澱《おり》！　五法山神川ノ神！」

刹那、印を結ぶ烏風の足元に広がる黒い沼。

そこから、大量の魑魅魍魎《ちみもうりょう》が湧き出る。

「《退魔術》――《怪《け》生《しょう》三昧《ざんまい》》！」

魑魅魍魎は飛び掛かって来たキョンシー達に纏わり付き、更に皇帝と楓花妃を守るように壁を作った。

「ちっ！」

《邪法士》が慌てて〝羽根〟を飛ばすが、それは魑魅魍魎の壁に阻まれた。

「烏風！」

「私の力で陛下と楓花妃様を守る。さぁ、実戦訓練だ」

小恋と爆雷の横に立ち、烏風が言う。

「《退魔術》を極める一番の近道を教えよう。戦いの中でコツを掴み、《妖力》を目覚めさせることだ」

「つまり、実際に経験して覚えろってこったな。今までで一番わかりやすいぜ！」

「そうだね。大猩々の君にはきっと最適だ」

「二人とも、最短最速だよ」

弓を構える小恋、こぶしを手の平に叩き付ける爆雷、印を結ぶ烏風。

三人は、目前の《邪法士》とキョンシー達めがけ、動く。

「全速力で叩きのめすから、そのつもりで！」

◇◆◇◆◇◆

「これより、神聖なる清浄の時間……下らぬ反抗で邪魔をするな」

珊瑚妃に付いていた宦官――否、皇帝暗殺を目論む邪教団――《清浄ノ時》に所属する《邪法士》は、印を結び《妖力》を発揮する。

彼が支配するキョンシー達が動く。

狙う相手は、小恋、爆雷、烏風――この状況で戦う決意を固めた三人だ。

烏風は自身の《退魔術》を展開し、召喚した魑魅魍魎で楓花妃と皇帝を守る防御壁を作っている。

小恋と爆雷が、行動を開始した。

「オラァッ！」

鉄の閂《かんぬき》をもへし折る剛腕が、襲い来るキョンシー達を薙《な》ぎ払う。

一方、小恋も、この混戦状況では弓は不向きと判断。

一旦背中に戻し、キョンシー達の波状攻撃をスルリスルリと回避しながら、《邪法士》との距離を縮めていく。

「……ちっ」

接近する小恋の姿を確認すると、《邪法士》は真横で腰を抜かしている珊瑚妃の襟首を摑んだ。

「ひっ！」

そして無理やり引っ張り上げると、そのまま迫る小恋に向けて押し出す。

「！」

たたらを踏みながら迫る珊瑚妃が、悲痛な顔で叫ぶ。

「待って！　私は敵じゃない！　無関係――」

「邪魔！」

惨めったらしく言い訳する珊瑚妃を、小恋は撥《は》ね飛ばす。

「ふげっ」

床に顔から倒れる珊瑚妃。

しかし、小恋が前を見ると、既にそこには《邪法士》の姿は無い。

珊瑚妃を盾にして、姿を晦ましたようだ。

（……逃げた、わけないよね……キョンシー達の中に紛れた？）

小恋は振り返る。

気付けば広間は、キョンシーだけでなく、宮女や皇帝の側近達も入り乱れて大混乱の場と化していた。

「ひ、ひぃぃい！」

「な、なんなのだ、こいつらはぁ!?」

逃げ惑う側近達。

「楓花妃様！」

「この！　よくも、楓花妃様を！」

宮女達は手にしたお盆や木の棒でキョンシー達を殴りつけている。

以前、キョンシーを前に震え上がっていた時に比べると、とても逞《たくま》しく成長していた。

「くそっ！　キリがねぇ！　どんだけいるんだ!?」

爆雷は的確に首の骨を折ったりしながら、キョンシー達を無力化させている。

（……見当たらない）

視線を走らせるが、《邪法士》の姿は確認できない。

《妖気》の探知を行うか？

いや、もしキョンシー達に紛れているなら見付け出すのは不可能――。

「……まさか――」

そこで、小恋は気付き、振り返る。

視線を向けたのは、魑魅魍魎の壁に守られている楓花妃と皇帝の方だった。

◇◆◇◆◇◆

「楓花妃……」

『きゅー、きゅー』と鳴き声を上げる魑魅魍魎が折り重なって作られた、壁の内側。

皇帝は、横たわった楓花妃の傍に寄り添っていた。

呼吸も脈拍も弱まり、肌の変色も止まらない。

紫色を通り越し、どす黒くなってしまっている。

皇帝は悲痛な面持ちで、楓花妃の手を握る。

「……すまない……こんなことになってしまうなんて」

「謝罪ならば、地の獄にて行うがいい」

――皇帝の背後に、《邪法士》が立っていた。

「！」

いつの間に。

どうやって、魑魅魍魎の壁の内側に。

皇帝が考える間も無く、《邪法士》は腕を持ち上げ――。

――瞬間、魑魅魍魎の壁に穴が空き、そこから矢が飛んできた。

「！」

《邪法士》は腕に重なるように展開した翼を翻し、向かってきた矢を防ぐ。

「とうっ！」

と、同時、続いて穴から小恋が飛び込んで来る。

「小恋！」

「勘が当たって良かったです……烏風に、魑魅魍魎の壁に穴を空けてもらったら、予想通りこの男の姿が見えたので」

見ると、《邪法士》の後方の壁の一部が、グズグズに溶けているのがわかった。

あそこから侵入したのだろう。

何らかの《邪法》を使ったのかもしれない。

「………」

そこで、小恋は改めて、《邪法士》の広げた翼を見る。

禍々《まがまが》しい色合いの羽根、そして、毒の力――。

やはり――と、小恋は確信する。

「憑依《ひょうい》させてる妖魔……鴆《チン》だね」

「……ほう」

小恋の発言に、《邪法士》は驚いたように声音を変えた。

「知っているのか」

妖魔――鴆。

その羽根や血肉に毒を持つ怪鳥。

鴆の羽根を特殊な方法で酒に浸すと、溶けて混ざる。

この酒を使った毒殺法は〝鴆殺〟と呼ばれ、密かに暗殺術として用いられていた。

――というのが、父から教わった知識。

ここからは、その知識と現時点での認識による小恋の考察だが。

おそらく、鴆の毒は酒に混ざると《妖力》も《妖気》も発しない。

まぁ、既に本体から離れた部位なので、当然と言えば当然かもしれないが。

そしてこの毒は、対象の体内に入った時点で《妖力》を発揮し、未知の毒素を出すことができるようである。

「なるほどね……鴆殺の方法が少しは理解できたよ」

「…………」

一方、《邪法士》は目前の小恋に対して警戒心を強める。

鴆殺は、あまりにも特殊な暗殺術のため、一部の妖魔に携わる職業・界隈《かいわい》の者達により文献にも残されていた。

が、近年はその文献も《邪法士》達の手により処分され、意図的に認知度を下げられてきた。

だが、この小娘は知っている。

（……危険だ……ここで、確実に始末せねば）

考えると同時――《邪法士》は既に行動を開始していた。

「きゃあああっ！」

甲高い悲鳴が聞こえ、小恋は後ろを振り返る。

魑魅魍魎の壁に空いた穴の向こう――キョンシー達が活発化し、周囲の宮女や側近に襲い掛かっていた。

「う、うわあああ！」

「た、助けてくれ！」

怯え、逃げ惑う側近達。

「くそっ！　なんだこいつら、いきなり！」

一体のキョンシーの首を絞め上げながら、爆雷は周囲の混乱に動揺する。

「烏風！」

そこで、小恋が叫ぶ。

皇帝と《邪法士》の間に立ち塞がったこの状態では、混乱する広間の全景を確認することができない。

小恋の意図を読み取った烏風が、一旦、魑魅魍魎の壁を壊したことで、状況を視認することができた。

大広間の中――キョンシー達が、近くにいた宮女や側近達を羽交い締めにしている。

つまり――彼女達を人質に取ったのだ。

「くっ……」

爆雷も手を出せなくなり、周囲を警戒することしかできなくなっている。

（……まずいね）

相手にまともな分析・判断の余地を与えず、最短最速で叩きのめす作戦だったが――優位を取られてしまった。

（……何か、策を――）

状況を打破する妙案に、思考の矛先を向けた小恋。

無論、《邪法士》がその隙を逃すわけがない。

瞬く間、その腕に纏った鴆の翼を振り上げ、毒の羽根を射出していた。

「まずは、貴様からだ」

（……しまっ――）

全員の意識が、キョンシー達に人質に取られた宮女や側近へ向けられていた。

故に、小恋の反応も遅れた。

この距離──躱《かわ》せない。

迫り来る毒の羽根を前に、小恋は歯を食い縛る──。

──小恋の眼前に、一つの影が現れる。

──皇帝が、彼女の前に飛び出していた。

「──え」

先刻、楓花妃が皇帝を庇《かば》った時のように。

今、皇帝が小恋を庇い──襲来した羽根の攻撃を、その身に受けていた。

「ぐっ……」

胸や腹に羽根を突き立てられ、皇帝が崩れ落ちる。

「──な、何を！」

倒れた皇帝に、慌てて小恋が駆け寄った。

彼の体も、楓花妃同様、毒による侵食が始まっていた。

「馬鹿が。あろうことか皇帝が、何故《なぜ》下女を庇う」

一方、《邪法士》も、彼の行動が理解できないのだろう。

床に横たわった皇帝を見て、悪態を吐く。

「皇帝一族の断罪という悲願の清浄──その時に身を浸し、喜悦を噛《か》みしめながら行いたかったものを」

「……し……小、恋……」

そこで小恋は、皇帝の唇が、震えながら懸命に言葉を紡ごうとしているのに気付く。

まるで、荒い呼吸の狭間《はざま》から、最後の力を振り絞るように。

「君なら……倒せる」

「……」

「この状況を、どうにかできる、はずだ……そう、思ったからだ」

鴆の毒に蝕まれ、肌が変色していく中で、彼は小恋に、そう言った。

「……」

――どうすればいい。

小恋は、光速で思考を巡らせる。

楓花妃を救いたい。

皇帝を救いたい。

無論、宮女達も、側近達も助け出さなければ。

そのために、自分に、何ができる。

……。

（――《退魔術》）

私の中に眠る――《退魔術》。

今目覚めないで、いつ目覚める。

八方塞がりのこの状況を、どうにかできる力。

目覚めろ、目覚めろ、どうすれば目覚める。

どうすれば、目覚めてくれる？


「────」


そこで、小恋の脳内に閃光《せんこう》が走った。

『自身の中の《妖力》を自覚し、操作する──それが、《退魔術》の初歩である』

そう教わり、烏風に指導を受け、今まで色々と試してきた。

しかし、小恋も爆雷も今日まで《妖力》の自覚には至れなかった。

言わば、自分の体の中のどこかにある、通常の人間には備わっていない臓器とその臓器で製造される力の存在を把握し、動かせと言われているようなもの──こればかりは、切っ掛けを待つしかない、とのことだった。

だが、よく考えてみれば、〝探す〟という力なら小恋には既に備わっている。

《妖気》の探知能力。

「くっ！」

《妖気》の元、《妖力》──自身の中の《妖力》を探知しようと、小恋は力を籠《こ》める。

厳密には、烏風が語った原理とは違うのだ──できるかどうかは、わからない。

だが、悪足掻《わるあが》きでもなんでも、今はやらないわけにはいかない。

——体内、丹田。

——体の奥底にあるであろうものを、全力で読み取れ。

いつもよりも気合を籠めて、もっと正確に、細かく、意識を使え。

瞬間、頭の中を貫く痛み、全神経がささくれ立つ感覚。

激痛に見舞われる肉体。

何か、生暖かいものが鼻孔の奥から流れ出たのがわかった。

頭痛、出血、声を上げてのたうち回りたい衝動。

だが、今はそんなことをしていられない。

それよりも何よりも先に、自分がやらなくちゃいけないのは——。

「あ——」

と、か細い声を上げ、小恋の体が、皇帝の上に折り重なるように倒れた。

「小恋！」

爆雷が叫び、烏風が眉を顰める。

「なんだ？　何をしている、この小娘は」

いきなり、何かに集中するように瞑目《めいもく》し、呻吟《しんぎん》し、血を垂らしながら倒れた小恋を気味悪がり、《邪法士》は警戒するように距離を取る。

「……見付けた」

掠《かす》れた声で、小恋が呟く。

――刹那、跳ね起きた小恋が、その手に弓と矢を掴んだ。

「！」

突然の、小恋の異常行動。

そして直後の復活、再起動、臨戦態勢。

その行動に、《邪法士》も警戒の構えを取る。

しかし、小恋がそこで攻撃の矛先を向けたのは、《邪法士》ではなかった。

自身の体の内側から湧き立つ力――《妖力》の存在を自覚し、そして抽出する感覚を掴んだ小恋は、その力を、手にした矢に〝纏わせる〟。

すかさず弓に番《つが》え、引き、発射。

射たのは、キョンシー達の方向だった。

「おい！」

小恋の突拍子もない行動に、爆雷が叫ぶ。

一方、こちらに矢が向かって来るのを見て、キョンシーはすぐさま、人質にしていた宮女を前に突き飛ばし、盾にする。

このままでは、真っ直ぐの軌道で飛ぶ矢は、宮女の体に命中してしまう――。

――そこで、不可思議な現象が起こった。

――矢が空中で、まるで飴《あめ》細工のように〝ぐにゃり〟と曲がり、宮女を回避してその背後のキョンシーの頭部を貫いたのだ。

「な……」

矢の威力に首の骨を折られながら、キョンシーは床の上に派手に転がる。

その現象に、《邪法士》も言葉を失っていた。

「小恋……今のは」

「私の《退魔術》……みたいだね」

烏風の質問に、小恋が答える。

この状況をどうにかしたいという願望は、見事に叶《かな》えられたようだ。

小恋の持っていた、〝《妖気》を探知する〟という能力が反映された《退魔術》。

彼女の《妖力》を纏った矢は、攻撃の対象となった《妖気》を自動追尾するようだ。

狙った獲物を追うという単純な力。

だが、狙った獲物は絶対に貫くという、強力な力である。

「みんな！　そこから動かないで！」

瞬時、小恋は文字通り、矢継ぎ早に矢を放つ。

狙いを定める必要は無い。

その場で、構えて射続ければいい。

何故なら、矢は勝手にキョンシーを射貫いてくれる。

瞬く間、人質を取っていたキョンシー達は一網打尽にされ、一気に数が減った。

「オラァッ！」

その隙を逃さず、爆雷が残党のキョンシー達に攻撃を仕掛ける。

「頭か首を潰せ！　そこが弱点だ！」

「「「「はい！」」」」

更に、自由になった宮女達がキョンシー達を取り囲み、長い棒でぼかすか殴り始めた。

逞しく成長しすぎである。

「くっ……」

一方、一気に劣勢へ追いやられた《邪法士》は、歯嚙《はが》みしながらも横たわった皇帝を一瞥する。

「……まぁ、いい。当初の目的は果たした」

言うと同時、真っ直ぐ小恋に向かって走り出す。

「動くな！」

襲来する《邪法士》に向かって、すかさず小恋は矢を放つ。

しかし《邪法士》は、飛来した矢に臆することなく、懐に隠し持っていた短刀を取り出して振るう。

破壊音と共に、払い落とされる小恋の矢。

邪法や妖魔を操るばかりでなく、近接戦闘もできるようだ。

肉薄してきた《邪法士》が、鴆の翼を振るう。

すかさず飛び退《の》き、回避する小恋。

だが、《邪法士》の真の目的は小恋との戦闘ではなかった。

彼が向かったのは、横たわる瀕死《ひんし》の楓花妃。

《邪法士》は楓花妃を掴み上げると、その首元に短刀を当てる。

「動くな、とはこちらの台詞《せりふ》だ」

楓花妃を人質に逃げるつもりだ。

《邪法士》は、布で隠された顔を歪め笑う。

「どうする？　この小娘を救いたいのだろう？　解毒できるかどうかはわからないが、微《かす》かな希望に縋りつきたいのだろう？　ならば、ここで見殺しにするわけには――」

「ごちゃごちゃうるさい」

そんな《邪法士》の態度に、小恋は毅然《きぜん》として言う。

彼女の手に、《妖力》が集まっていく。

「楓花妃様は救う。あんたはこの場でぶちのめす。当然、両方ともやり遂げるよ」

但し、今の彼女の手には矢は握られていない。

空中に噴き出した《妖力》が、形を成していく。

それは、《妖力》で作られた矢だった。

既存の矢に《妖力》を纏わせているのではない、《妖力》そのものが矢の形をしている。

「何だ……それは……」

《邪法士》は、思わず身構える。

何だかわからない。

わからないが、何かマズい。
直感で危機を察した《邪法士》は、すぐさま逃げの一手を選ぶが――。
小恋の行動はそれよりも早かった。
《妖力》の矢を弓に番え、引き、射る。
放たれた矢は、真っ直ぐ《邪法士》に向かって来る。
「くっ！」
短刀で物理的に叩き切れるかもわからない。
慌てて、《邪法士》は腕の中の楓花妃を盾にしようとする。
――が。
『ぱんだー！』
真横からいきなり、何かに体当たりを食らい、《邪法士》の腕から楓花妃が離れた。
彼に激突したのは、子パンダの雨雨だった。
「こいつ！　突然どこから!?」
あまりにも唐突に降って湧いた雨雨に、混乱する《邪法士》。
だが、楓花妃は解放された。
更に、烏風が使役する魑魅魍魎が、すかさず楓花妃に覆い被《かぶ》さりその身を守る。
そして、《邪法士》の体に、小恋の放った矢が命中した。
「が、は」

胸のど真ん中を射貫かれた。

しかし、衝撃こそあれ、痛みも出血も無い。

まるですり抜けるように、《妖力》の矢は《邪法士》の体を通過していった。

まさか――不発？

そう思った、《邪法士》の背後で――。

「クァアアアアアアア！」

奇怪な悲鳴が聞こえた。

振り返ると、壁に磔《はりつけ》になった巨大な怪鳥の姿が映る。

禍々しい色合いの翼をばたつかせ、やがて力を失い、動かなくなった鳥は――《邪法士》が操り、自身に憑依させていた妖魔――鴆だった。

「な……」

《邪法士》は理解する。

あの矢は、《邪法士》の中にあった〝《妖力》を持つ存在〟のみを射貫き、引きずり出した。

だから、憑《つ》いていた鴆のみが攻撃を受けたのだ。

そして、知覚する。

あの矢が、《邪法士》の体外に排出させたのは、鴆のみではない。

彼自身の持つ《妖力》もだ。

射貫かれ、あの鴆と同じように、無理やり体外に放出させられた。

（……あの矢は、人体にダメージを与えず、《妖力》や妖魔のみを射貫くことができるのか！）

即《すなわ》ち、今の《邪法士》は邪法を扱えない。

キョンシーも操作できない、他の邪法も駆使できない。

《妖力》はいずれ回復するが、少なくとも一時的に無力化された。

「く……おのれぇ！　この小娘がぁあああ！」

憤怒の形相で、《邪法士》は短刀を振り上げる。

襲い掛かった先は、ふらふらの小恋。

「う……」

力尽くでの《退魔術》の覚醒に加え、《妖力》の大量消費。

彼女も、既に限界が近かった。

動こうとするが、その場に膝をついてしまう。

「死ねぇッ！」

小恋の首筋目掛け、《邪法士》が短刀を振り下ろす。

――その刃を、横から伸びた手が摑んだ。

「テメェが死ねッ！」

爆雷だった。

想定外の膂力《りょりょく》によって短刀の刃は握り潰され、更に渾身《こんしん》の力で振るわれたこぶしが《邪法士》の顔面に突き刺さる。

「がぶるげぇ！」

鼻っ面を粉砕された《邪法士》は派手に吹っ飛び、床に転がって、そのまま動かなくなった。

◇

◆

◇

◆

◇

◆

「……う」

膝をついた姿勢から起き上がり、小恋が顔を上げる。

爆雷によって昏倒させられた《邪法士》は、そのまま縛り上げられている。

どうやら、決着はついたようだ。

小恋は視線を動かす。

横たわった皇帝と楓花妃の傍に、側近や宮女達が集まっていた。

「……かなり侵食されてしまっている」

鴆の毒に侵された二人を前に、烏風が苦々しげに言う。

皇帝は男性で、体も丈夫だ。

そのため比較的症状は軽いが、それでも息も絶え絶えである。

一方、体中がどす黒い斑点に覆われている楓花妃は、最早か細い呼吸音しか発していない。

その姿を前に、宮女達は悲痛な面持ちで嗚咽《おえつ》を漏らしている。

「烏風！　どうにかならねぇのか！」

爆雷が、もどかしそうに叫ぶ。

しかし、その気持ちは烏風も同じだ。

「……鴆という妖魔に関する文献は、《邪法士》達によってあらかたこの世から消された。自分達で妖術を独占するためだ。私にも知識が無い……すまない」

「おい、ボケカス！　とっとと起きろ！」

捕縛した《邪法士》を摑み上げる爆雷。

解毒する方法があるなら、知っているのはこの男だけだ。

首がもげそうになるほど、ブンブンと振り回す。

そこで——。

「爆雷、もういいよ」

ふらふらとした足取りで、小恋がやって来た。

「小恋……大丈夫なのかい？」

「へーきへーき、まだ、最後の仕事が残ってるから……その後ぶっ倒れるよ」

烏風に言いながら、小恋は皇帝と楓花妃の傍に立つ。

「……二人とも、君の名前を呼んでいたよ」

烏風の言葉に、「楓花妃様……」と、宮女達が泣き崩れる。

「下女……お前が、お二人の最後の言葉を聞くべきなのかもしれない。強く信頼されていた、お前が」

側近の中の一人が、そう言った。

皆、完全に諦めムードだ。

小恋は、嘆息する。

まったく、本当に側近？

「最後の言葉？　何を言ってるんです」

そこで、小恋の手の中に、残り少ない《妖力》で作られた矢が二本現れた。

小恋はその矢を弓に番え、床に寝かされた二人に向けて構える。

「助かる人間に遺言を喋《しゃべ》らせる馬鹿が、どこにいるんですか」

小恋の放った矢が、皇帝と楓花妃の体を貫いた。

酒に溶けている時点では《妖気》を感じない鴆の羽根だが、体内に入った時点で、それは《妖力》の毒と化す。

ならば、この〝《妖力》のみを貫く矢〟で射れば――。

小恋の矢によって、二人の体内から鴆毒――《妖力》の毒が排出され、空気中に霧散したのがわかった。

「見て！　お二人の様子が！」

宮女の一人が叫ぶ。

皇帝と楓花妃の肌の変色が止まり、徐々にだが薄れていっている。

体内の毒が排除され、体が元に戻ろうとしているのだ。

わっと、騒ぐ皆。

「まだ安心するな！　あくまでもお二人の体を蝕む根源が無くなっただけだ！　至急、安静な状態にして体力の回復を！」

「お医者様を呼んできます！」

烏風が叫ぶと、宮女達はバタバタと走り出し、側近達はへなへなと腰を抜かす。

「これで、二人とも助かるのか！」

「一応、危機は脱したと言ったところだ」

爆雷に言って、烏風は小恋を見る。

「小恋、流石だ。君は正真正銘、この国の皇帝陛下とその妃の命を救った。二人の命の恩人だ」

「うん、まぁ……安心したよ」

興奮気味に語る烏風と、「うおおおおおお！」と歓喜の雄叫《おたけ》びを上げる爆雷がいる一方で、小恋は深く溜息を吐き、へたりこむ。

もう、へとへとだ。

（……《妖力》を使うって、こんなに体に負担がかかるんだ）

思いながら、小恋は目前で眠っている皇帝の顔を見る。

「……まったく、皇帝の癖に下女を助けようとして死にかけるなんて……」

あの《邪法士》の言葉ではないが、本当に、何を考えているのやら。

もう少し、自分の立場を自覚して欲しい。

と、考えていると――。

「う……」

皇帝の目が、薄く開かれた。

あ、まずい、今の発言聞かれてたかな？――と、小恋がどうでもいい心配をする一方、彼は未《いま》だはっきりしていない意識のまま、横の小恋に視線を向ける。

そして――掠れた声で、呟いた。

「……秀愛《シュウアイ》……よかった、無事……だった、か」

「え？」

それだけ言って、皇帝は再び気を失った。

やがて、陸兎宮に医者が何人もやって来て、皇帝と楓花妃の体を診始める。

彼等だけでなく、この戦いで負傷した宮女や爆雷、烏風や小恋も診てもらうことになった。

その中で、小恋の頭の片隅には、皇帝の呟いた言葉が引っかかっていた。

（……秀愛）

彼は、自分を誰と見間違えたのだろう？

〈エピローグ〉血

こうして、陸兎宮《りくと》を舞台にした皇帝陛下暗殺未遂事件は幕を閉じた。

敵の正体は、珊瑚妃《さんごき》に取り入り宮廷に潜伏していた邪教団《清浄ノ時》の構成員。

珊瑚妃の邪心を利用し、陸兎宮への皇帝陛下来訪を機に暗殺を遂行しようとしたのだ。

邪教団《清浄ノ時》は、夏国《シア》の転覆を目論む危険思想家達《もくろ》の集まりで、現皇帝を殺害し、自分達でこの国を支配しようと考えている。

あの《邪法士》のように、邪法や妖魔に関する知識や妖術を持つ者が関わり、密《ひそ》かに機が熟すのを虎視眈々《こしたんたん》と狙っているのだとしたら、これからは到底見過ごすことのできない脅威となるだろう。

一層の警戒が必要である。

——さて。

戦いが収束した後、陸兎宮へやって来た衛兵達によって、爆雷《バオレイ》にのされていた件《くだん》の《邪法士》は捕らえられた。

腕に枷《かせ》を嵌《は》められ、連行される《邪法士》。

この後、諸々《もろもろ》の取り調べが待っている。

そして、此度《こたび》の重要参考人は彼だけではない。

「…………」

白虎宮主《びやっこ》――珊瑚妃。

小恋《シャオリャン》に張り飛ばされた後、覚醒した彼女もまた、衛兵達によって捕らえられていた。

当然、今回の件とは無関係の一点張りで逃れられるはずがない。

珊瑚妃は青い顔をし、茫然自失《ぼうぜんじしつ》の状態で肩を落とし、俯《うつむ》いている。

衛兵達も、相手が妃のためどうすべきか判断に迷っていたが、現場に居合わせた側近達の証言を受け、彼女も連行するに至ったのだろう。

手枷を掛けようとした――その時だった。

「珊瑚妃」

「へ、陛下……」

珊瑚妃の前に、皇帝が現れた。

白銀の髪の下の顔色は優れない。

毒が抜けたばかりで、まだ足元も覚束《おぼつか》ない様子だが、意識は回復したようだ。

医者や側近達に付き添われながら、彼は珊瑚妃の前に立つ。

「陛下、わ、私は、決して――」

目前の皇帝に縋《すが》りつき、珊瑚妃は何か言い逃れをしようとした。

瞬間だった。

「珊瑚妃様！」

その場に姿を現したのは、楓花妃《ふうかき》だった。

今は解毒が済んだものの、深刻な身体への侵食を受けたのだ。

視線も定まらず、滲《にじ》んだ汗で濡《ぬ》れた髪が顔に張り付いている。

自力で歩くことなど当然できないため、傍らで小恋が支えている。

そんなフラフラの状態でありながら、彼女はやって来た。

「楓花妃、様……」

楓花妃の姿を見て、珊瑚妃は瞠目《どうもく》する。

楓花妃は、改めて皇帝陛下へ向き直る。

「陛下……珊瑚妃様は」

「…………」

皇帝は口を閉ざす。

しかし、聞くまでもないだろう。

彼女は、《邪法士》と共に皇帝陛下暗殺に関わった大罪人。

たとえ、仔細《しさい》に関しては知らなかったとしても、その首謀者を宮廷に招き入れた張本人なのだ。

いや、そもそも、彼女はその計画を抜きにしても、楓花妃を己の欲のために毒殺するつもりだった。

その時点で罪人には違いない。

「陛下……」

そんな、未来の確定した珊瑚妃を前にして。

瞬間、楓花妃はその場に跪《ひざまず》いた。

「どうか……珊瑚妃様の処遇に、お慈悲を」

彼女の懇願に、皇帝も、側近達も、その場にいた全員が目を見開く。

「楓花妃、何故《なぜ》庇《かば》う」

皇帝は、そんな己の立場さえ危うくなるような行動を取る楓花妃に、問う。

「この者は、お前を利用しようとした。それは、わかっているはずだ」

「……珊瑚妃様は、妾《わらわ》と一緒です」

乱れた呼吸の狭間《はざま》から、楓花妃は言葉を紡ぐ。

「珊瑚妃様は、入宮した当初、右も左もわからなかった妾に親切にしてくださいました。それも、いずれ妾のことを利用し、陥れるつもりだったのでしょう……けれど、妾の宮に訪れた時、珊瑚妃様は妾に話してくれました。妃として後宮へやって来たけれど、もしも結果を出せなければ、自分には価値が無い。州に戻っても、居場所は無い。家を追い出されたも同然……と」

「………」

「珊瑚妃様は、背負っているもののために頑張っている方なのですじゃ。きっと、その想《おも》いをかの邪悪な者に利用され、付け込まれた……もしも、妾が珊瑚妃様と同じ立場だったとして、同じ行動をしなかったとは言い切れません。だから、どうか……」

騙《だま》され、利用され、毒殺されかけてまで——それでも彼女は、珊瑚妃を擁護しに来た。

甘い、甘すぎる。

幼く、そして優しすぎる、純粋すぎる。

彼女の隣で畏《かしこま》りながら、小恋は率直に思った。

「……珊瑚妃、楓花妃はああ言っている」

「………」

楓花妃の心からの訴えを聞いた皇帝は、しかしそれでも表情を変えることなく、珊瑚妃に問う。

「お前は、あくまでも利用されていただけ。そういう考え方もできるが……」

それに対し、珊瑚妃は――。

「……いいえ」

悲痛さに歪《ゆが》み、絶望に打ちひしがれている表情ではなくなっていた。

自分を救おうとする楓花妃の姿を見て、彼女の心が、何か変化を起こしたのだろうか。

険が薄れ、まるで憑《つ》き物《もの》が落ちたような、そんな顔をしていた。

「言い逃れはしません。楓花妃様のお言葉を聞いて、自覚しました。私は、彼女の言うような人間ではありません。私はあの《邪法士》と明確な共犯関係にありました。私の知る限りのことを、洗いざらい証言いたします」

「珊瑚妃様……」

手枷を嵌められ、罪人として、珊瑚妃は立ち上がった。

そして、楓花妃の方を振り返ると。

「楓花妃様……ありがとう。大丈夫よ。あなたは、私のような人間にはならない」

そう、悲しげに笑った。

「そして、こんな私の願いを一つだけ聞いてくれるなら……私はもう、ここには戻れない。白虎宮に、私が陛下から贈り物としていただいた子虎がいるの。名前は、玉《ユウ》。あの子だけが、気掛かりなの」

「………」

「大丈夫。あの子は優しくて頭が良いから、決して人や他の動物に噛《か》み付いたり爪を立てたりしない。どうか……」

それだけ言い残し、珊瑚妃は後宮から姿を消した。

もう、ここに帰ってくることは二度と無いだろう。

◇◆◇◆◇◆

「……ここまでか」

一方――衛兵達に引っ立てられ、連行されていた《邪法士》。

身に着けていたあらゆる邪法のための道具も武器も、全てが押収され――無力と化した彼は、不意に立ち止まり、空を見上げた。

「おい、何を立ち止まっている。歩け」

手枷の縄を引く衛兵が、足を止めた《邪法士》を振り返る。

「私では、大願成就には至れなかった……しかし、後のことは、同志に託そう」

《邪法士》は、一人ぶつぶつと呟《つぶや》き続ける。

「おい、聞いているのか」

「清浄の宿願、叶《かな》うことを」

苛立《いらだ》つ衛兵が声を荒らげた、瞬間。

――《邪法士》の体が、その場で跡形もなく吹き飛んだ。

「は……お、あぁぁぁぁあああああ!?」

舞い散った血肉で顔を染めた衛兵が叫ぶ。

惨劇の場に、悲鳴が響き渡った。

◇◆◇◆◇◆

――あれから、数日が経過した。

話によると、皇帝暗殺を謀った《邪法士》は、連行中に弾《はじ》け飛んで死んだらしい。

小恋が内侍府《ないじふ》を歩いていると、宦官《かんがん》達がそんな立ち話をしていた。

(……自害か、同胞に消されたのかな)

あの飛頭蛮《ひとうばん》の時と言い、極力証拠や痕跡を残さないよう徹底しているようだ。

同じく連行された珊瑚妃も、決して安全な立場とは言えないが、今のところ彼女の身に何かがあったという話は流れて来ない。

「そういえば聞いたか、あの『雑用姫《ざつようき》』の件」

（……お？）

小恋が《退魔士》と協力し、不可思議な術を用いて敵を退けたこと。

被害に遭った皇帝と妃の命を救ったことが、武勇伝として宦官や女官達の間で伝わり出しているようだ。

今まで内緒にしていた、小恋が妖魔退治に纏《まつ》わる力を持っているという情報も出回り始めている。

まぁ、内侍府長の水《スイ》が烏風《ウーファン》を雇い、妖魔の存在を認知し始めた時点で遅かれ早かれ知られていたことではあるが。

「……皇帝陛下から勅令を下されたり、もしや最初から只者《ただもの》ではなかったのでは？」

「……女官達の間では、『雑用姫』と揶揄《やゆ》していた者達が何か仕返しされるのではと怯《おび》えていて」

「……まだ顔を見ていない妃達の中には、是非一度会いたいと興味を持つ方もいるそうで」

（……なんか、大事になりそうな雰囲気）

とりあえず逃げるように、小恋はその場を後にし、陸兎宮へと戻る。

あれから数日が経《た》ち、陸兎宮も元の状態に戻りつつあった。

今日も、真音《マオン》や紫音《シオン》をはじめとした宮女達がせっせと働き、綺麗《きれい》で趣のある内装を保っている。

「お体は大丈夫ですか？　楓花妃様」

「あ、小恋」

小恋が宮に戻ると、いつもの中庭で、楓花妃が体を動かしていた。

軽い体操をしていたようだ。

楓花妃も大分体調が回復した。

最近までは体を休めるためずっと寝ていたが、今ではこうして自力で動けるようになっている。

加えて、今の彼女の立場も以前と大きく変わった。

先日連行された珊瑚妃が、皇帝陛下暗殺に関しては全て自ら端を発したことだと証言し、楓花妃には一切非が無いことを伝えてくれた。

更に、小恋だけでなく、彼女も最近の評判に加え、身を挺《てい》して皇帝を守った行動が、側近達に評価されたようだ。

序列が第十一妃から、第七妃へと昇格した。

「ところで、小恋」

小恋と一緒に柔軟体操を終えた後。

楓花妃が、縁側で休みながら、小恋へと話を振った。

「小恋に、話があるのじゃが」

「なんです？」

「小恋の今後についてじゃ」

楓花妃は、どこか寂し気な表情になる。

「陸兎宮主として、大変助かったのじゃ。小恋、そなたのこの宮での仕事も、あと数日で最後とするのじゃ」

「……え」

皇帝陛下から直接下された、『楓花妃を助ける』という使命。

一応、陸兎宮は見事に復活を果たし、彼女を追い詰めていた珊瑚妃もいなくなった。

怪奇現象の黒幕であった《邪法士》も消えた。

皇帝から依頼された小恋の仕事は、終わったとも言える……が。

「皇帝陛下に言われたのですか？」

「いや、妾が自分で考えて出した結論じゃ」

楓花妃は先日、小恋に、自分をずっと傍《そば》で支えて欲しいと言った。

そんな彼女が、真逆である別れの言葉を告げている。

「えーっと……私が自分で言うのもなんですけど、いいんですか？」

「うむ。ここ数日、ずっと体を休めながら考えていたのじゃ」

楓花妃は言う。

「妾は心の底から小恋のことを信頼している。頼りになって格好良くて、いつも妾を助けてくれる大好きなお姉ちゃん……でもそれは、小恋に甘えているのと同じことなのじゃ」

「……」

「……珊瑚妃様が連行される前に妾が言った言葉……もしも自分が珊瑚妃様の立場だったら、同じように利用されていたかもしれない……あの言葉は、珊瑚妃様を庇うための嘘《うそ》なんかじゃなく、本心で、そう思ったからなのじゃ」

わかっている。

だからこそ、珊瑚妃の目が覚めたのだ。

「妾は、自分の心の弱さを自覚しておる。これから強くならないといけない。小恋のように強《したた》かで、冷静で……小恋がいなくても大丈夫なように」

「……楓花妃様」

「それに、この後宮の中には今も、妾のように小恋の助けを必要としている人がいるかもしれない。妖魔が絡むような事件が、金華妃《きんかき》様がそうであったように、今も起こっているかもしれないのじゃ。妾だけが小恋を独占して、甘えていてはいけない」

弱いままではいけない。

自分一人で、強くならないと。

そう言った楓花妃の言葉に、小恋は頷《うなず》きで返す。

彼女の決意は、本物だ。

「あ、あ、でも、小恋の気が向いたら、いつでも陸兎宮に遊びに来て良いぞ。本当に、いつでも良いからの」

「……ふふっ、わかりました」

ということで、小恋は陸兎宮付きの任を解かれることになった。

また普通の下女に戻るということだ。

寂しくないと言えば嘘になるが、嫌ではない。

別に楓花妃とはもう会えないわけではないし、彼女が自身の成長のために下した大切な決断だ。

何より、下女としての仕事はやりたいことができて自由で楽しいので。

「よし！　最後の日は、盛大にお別れ会を開くのじゃ！」

「はい、楽しみにしてますよ」

◇◆◇◆◇◆

——一方、その頃。

「なんで、呼び出されたのが俺とお前なんだ？」

「知らないよ。ただまぁ十中八九、今回の件に関することじゃないかな」

場所は内侍府。

内侍府長執務室の中で、爆雷と烏風が待機している。

二人とも、内侍府長の水に呼び出されたのだ。

「小恋は一緒じゃなくて良かったのかよ？」

「さぁね。私と君だけのようだし、おそらく今後の宮廷内の警備体制に関することかも——」

と、そこで、室内に水が入って来た。

爆雷と烏風は無駄口をきくのをやめ、姿勢を正す。

「此度の一件、二人ともご苦労だった」

静寂に包まれた執務室内。

水が、低い声音で二人に労《ねぎら》いの言葉を告げる。

「……今日、お前達二名を呼び立てたのは、話しておきたいことがあるからだ」

決して広くはない室内を警戒するように見回し、水は言う。

「話しておきたいこと、ですか？」

「ああ」

爆雷が言うと、水は目を鋭く細めた。

「……小恋の、両親についてだ」

「小恋の両親……ですか？」

水の発言に、爆雷と烏風は首を傾《かし》げる。

そんな彼等《ら》に、水は深刻な表情を崩すことなく続ける。

「小恋と、親や家族に関する話をしたことがあるか？」

「雑談程度ですけど……親父《おやじ》さんは旅商人で、色々な戦い方や妖魔に関する知識は、その親父さんから聞いたって。あと、お袋さんは、昔後宮で働いていたとか……」

爆雷が言うと、水は「そうか……」と、短く呟く。

「……結論から言う」

そして、意を決したように声を張った。

「小恋の父の名は、砦志軍《サイ・チージエン》という」

「……は？」

水の言葉に、爆雷が絶句した。

「知っているのかい？」

「いや、知ってるっつぅか……」

聞き覚えの無い名前に、烏風が尋ねると、爆雷は戸惑いながら返答する。

「俺の親父が昔、酒に酔った時に話してくれた、伝説の禁軍《きんぐん》の兵士の名前だ……いや、親父も宮廷の衛兵の間に伝わる只《ただ》の御伽噺《おとぎばなし》だっつってたんだが……つまり、架空の人物でしょう？」

「いや、砦《サイ》は実在した人物だ」

爆雷の言葉に、水が返す。

「正確には、とある事情により表の記録から存在を抹消せざるをえなくなった、伝説の禁軍兵……爆雷、お前の父親も砦と同期の禁軍の戦士だった。酔った勢いで、不意にこぼしてしまったのだろう」

「マジかよ……ホラ話じゃなかったのか」

爆雷は、未《いま》だ釈然としない様子で呟く。

幼少期、砦志軍の武勇伝を聞き禁軍に憧れを抱くようになった爆雷からしたら、信じられない話だろう。

「その、砦志軍。何故、歴史の表舞台から名を消されたのですか?」

一方で、烏風は水に気に掛かった点を尋ねる。

その砦が実際に小恋の父だったとして――何が問題なのか、そこに関わる根幹の部分だ。

「……砦は大罪を犯した」

水は、視線を落としながら言う。

「当時の第一妃を、後宮から攫《さら》ったのだ」

「第一妃を……!」

「攫った!?」

水の口にした言葉に、烏風と爆雷は目を見開いた。

「禁軍の戦士にして、当時〝十神〟にも数えられていた英傑達の中でも、砦の強さは桁違い。後宮を守っていた宦官の衛兵では歯が立たなかった。本来、男子禁制が決まりであった後宮にお前達のように男の出入りが寛容になったのは、その時の教訓からだ」

まるで、当時の様子を思い返しているかのように、水は話す。

「砦が如何《いか》なる目的で第一妃を攫ったのか、それは結局わからずじまいだった……重大な問題だったのは、当時、第一妃は既に現在の皇帝を産んだ後であり……そして砦が連れ去った時、次の子を身籠っていたことだ」

「……ちょっと、待ってくださいよ」

何かに勘付いた爆雷が、そう声を漏らす。

烏風は、瞠目している。

「……小恋から父親の名を聞いた後すぐ、彼女の前に雨雨《ユイユイ》が現れた。パンダの雨雨は、代々皇帝の一族を守る霊獣《れいじゅう》の末裔《まつえい》で、皇帝の血族に従事する性質を持っている。そんな雨雨が、初めて会ったばかりの小恋に異様なほど懐いていた」

水は口にする。

おそらく、この宮廷を揺るがしかねない、重大な事実を。

「つまり、小恋の正体は、砦の攫った第一妃が当時身籠っていた子供……皇族の血を宿した末裔……即《すなわ》ち、血の繋《つな》がった現皇帝の妹である可能性が高い」

予想していたとは言え、その言葉を聞き爆雷と烏風は絶句する。

「……小恋本人が知っているのか、自覚が無いのか、そもそも教えられていないのか……それらは不明だ。無論、まだ憶測の域を出ない話でもある。しかし、この話は現皇帝一族の支配に反感を抱いている派閥や、夏国を転覆させようと考えている者も潜んでいるだろう宮廷では、信用できる者にしか話せない。お前達に話したのは、信頼してのことだ」

言い終わると、水は沈黙し、窓の外を見る。

暗くなり始めた曇り空と強まる風の音は、嵐の予感を覚えさせるものだった。

特別編　雑用姫《ざつようき》の一日

「ふわ〜〜……」

朝——薄暗い部屋の中で目を覚ました小恋《シャオリャン》は、布団の上で体を起こすと、大きく欠伸《あくび》を漏らす。そして、寝ぼけ眼をごしごしと擦《こす》りながら立ち上がると、閉め切られていた窓をバーンと全開にした。

朝日が室内に差し込み、湿った空気が換気されていくのを感じる。

「ちょっと、まぶしい……」

するとそこで、部屋の中——同室の下女が、煎餅布団の上で寝返りを打ちながらそう呟《つぶや》いた。

彼女は夜勤だったので、先程帰って来て寝たばかりなのだ。

悪いことをしたな——と思いつつ、小恋は窓を閉め、静かに部屋を出る。

ここは、下男下女達《たち》が生活の拠点としている宿舎である。

基本的に、雑用係の下男下女には個人の生活スペースは無く、何人かの相部屋で暮らしているのだ。

外に出た小恋は、朝日を浴びながら改めて思い切り背筋を伸ばした。

「太陽光を浴びると、体の悪いものが浄化されていく感じがするんだよねぇ」

などと、ひとり言を漏らしつつ、庭で寝起きの準備体操を始める。

こうして、雑用姫――小恋の一日は始まるのだ。

「さてと」

体操を終え、体を起こし終わったら、次は朝食の時間である。

小恋は、宿舎の中の食堂へと向かう。

「おばちゃん、おはよう！　朝ごはんちょうだい！」

「あんたは相変わらず無駄に元気だね」

食堂のおばちゃんと、そんな会話を交えつつ、小恋は朝食を受け取る。

出されたのは、粥《かゆ》と油条《ヨウティヤオ》と呼ばれる揚げパン。

陸兎《りくと》宮に在中していた時とは打って変わって、簡素なメニューだ。

でも、別に嫌いではない。

「んー、おいしい～、おばちゃん今日も腕は確かだね」

「はいはい、ありがとさん」

バクバクと頬張る小恋の姿を見て、食堂のおばちゃんも満更ではない顔をしていた。

◇◆◇◆◇◆

さて。

食事が終わったら諸々《もろもろ》の準備を整え、小恋は本日割り当てられた仕事場へと向かう。

今日の仕事場は、鉄鼠宮《てつそ》。

現在の第八妃、明星《みようじようき》妃の暮らしている宮である。

「小恋、参りました！」

鉄鼠宮内にある宮女達の詰め所を訪れ、元気良く挨拶をする小恋。

「来たわね」

と、一人の宮女が小恋の前に立った。

比較的まだ若い――おそらく、小恋とそう歳《とし》も離れていないだろう宮女だ。

「今日は、洗濯と庭の掃除をお願いしたいの。ここにいる宮女だけじゃ、手が回らなくてね」

そう言われ、宮女に案内された先の部屋には、宮女達の使う布団や、それに被《かぶ》せる敷き布《シーツ》、更に体を拭う浴布《タオル》なんかが山積みとなっていた。

「うわー、かなり溜《た》めてたんだね、こりゃ」

案内の宮女が去った後、大量の洗濯物を前に、小恋は嘆息した。

結構においもするし、下の方の布団なんかは湿気でカビが生えていないか心配だ。

「よしっ！」

そこで、まずは熱湯消毒を行うことにした。

炊事場から大鍋を借りてきて、鉄鼠宮の庭を借り、そこで熱いお湯を沸かす。

その中に次々に洗濯物を放り込んで浸《つ》けこんで消毒――においの元を断つ。

更に、先日小恋が自分で作った特製の洗剤でごしごし洗って汚れを落とすと、庭に物干し台を設置し、竿《さお》に引っ掛け、天日干しにしていく。

「え、なにこれ！」

「凄《すご》い、あっという間に……」

そこで、小恋の様子を見に来た宮女達が、庭先に並んだ物干し台と、干された大量の洗濯物を前に驚いている。

一方、小恋は続いて、洗濯を終えた浴布を手に持ち、ブンブンと振り回し出した。

「それは、何をしてるの？」

その小恋の行動に、宮女達も興味津々で話しかけてくる。

「こうすると毛先が起き上がるので、乾いた後にふっくらするんですよ」

「へぇ、そうなのね」

「こう？」

小恋が説明すると、宮女達も一緒に浴布を持って小恋のマネをする。

こうして洗濯は一通り完了した。

「じゃあ、洗濯物を干してる間に、庭の掃除もしちゃおっかな」

続いて、小恋は庭掃除を開始する。

具体的には、生い茂った雑草の除去だ。

生長して背が高くなった雑草はザクザクと刈り取り、ある程度綺麗《きれい》にする。

その後、先程いっぱい沸かしておいた熱湯を、雑草の上にかけていく。

「こうすることで、根まで枯らして除草することができるんですよ」

「へー」

ここでも、小恋の説明を聞いた宮女達が感心したように頷《うなず》いている。

「料理で使ったお湯とかでもいいの？」

「いいですけど、塩分とかが含まれるお湯を使うと土の質まで変わっちゃって、他の植物が育ちにくくもなっちゃうので、そこは注意が必要ですね。あ、ちなみにホウレンソウの茹《ゆ》で汁《じる》は服の染み抜きに使えるんですよ。あと、まな板の黒ずみとか、床掃除にも」

「へー」

小恋が解説するたびに、宮女達は面白そうに顔を綻ばせている。

この宮の宮女達は、比較的まじめで仕事熱心なのかもしれない。

宮女の中には、宮廷で働いているというだけでお高くとまって、下の人間を見下している者もいるので。

◇　◆　◇　◆　◇　◆

そんな感じで、庭掃除も一通り終了。

小恋は宮女達と一緒に、洗濯物を取り込み始めていた。

今日は日当たりが良かったためか、洗濯物も綺麗サッパリ乾いている。

『ぱんだー！』

すると、そこで、聞き覚えのある鳴き声（？）が聞こえた。

見ると、小恋の足元に白黒のモフモフした子パンダが。

「雨雨《ユイユイ》、本当に神出鬼没だね」

「あら、この子は？」

ふんわり乾いた浴布に顔を埋《うず》めていた宮女達も、雨雨の存在に気付く。

「えーっと、一応、私が飼っているパンダです」

皇帝のペットという情報を話すべきかどうか迷ったが、無駄に混乱を招くことを避けるためにも黙っておくことにした。

「まぁ、パンダの子供よ、珍しい」

「この子もふわふわね」

『ぱんだー！　ぱんだー！』

宮女達は、雨雨の毛並みを撫《な》でながら、そうキャッキャと喜んでいる。

「……ん？」

そこで、小恋は、近くの物陰からこちらをチラチラ見ている人物を発見する。

大人しそうな、長髪の美少女だった。

彼女は小恋の視線に気付くと、すぐに顔を引っ込めて、その場から走っていった。

「今のは……」

「あら、もしかしたら明星妃様かしら？」

雨雨と戯れていた宮女が言う。

「実は、明星妃様はここ最近のあなたの武勇伝を聞いていて、それ以来、あなたのファンなのよ」

「だから今日、あなたを指名してここに来てもらったのだけど……明星妃様は恥ずかしがって会いたがらなくって」

「へぇ……」

どうやら、本当に後宮内で小恋の存在が大事《だいじ》になって来ているようだ。

◇◆◇◆◇◆

そんなこんなで、本日の仕事は完了。

結局、本人の同意無く無理やり明星妃を訪ねるわけにもいかないので、小恋はそのまま帰ることとなった。

「あ、爆雷《バオレイ》」

宿舎に帰る途中、偶然、小恋は爆雷と遭遇した。

最近はお互いに仕事が忙しいせいか、あまり会えていなかったのだ。

「お、おう、久しぶりだな」

「何？　なんだか、よそよそしいじゃん」

どこか動揺の混じった爆雷の態度に、小恋は訝《いぶか》る。

そこで、彼が手に蒸籠《せいろ》を持っていることに気付いた。

「あ、それ」

「あ？　ああ、小腹が空《す》いたからもらってきたんだ」

「おいしそう」

「……食うか？」

「ちょうだい」

「本当に遠慮しねぇな、お前」

久方ぶりに再会したにも拘《かかわ》らず、いつもと変わらぬ調子で、爆雷と肉まんを半分こして、一緒に食べる小恋。

こんな感じで、雑用姫の一日は終了するのだった。

あとがき

はじめまして！　もしくはお久しぶりです！

主にＷＥＢ小説サイト『小説家になろう』様を中心に活動中の作家、ＫＫと申します！

自身の出版作品として二作目のシリーズとなるため、既にご存じの方もいらっしゃるかもしれませんが、初対面の場合は、以後お見知りおきをお願いいたします！


さて――『後宮の雑用姫』、いかがだったでしょうか？

本作は、山育ちの野良娘、小恋《シャオリャン》が華やかな後宮に宮女として召し抱えられますが――一転、初日から下女の地位に落とされてしまいます。

なんという苦難に満ちた運命……と思いきや、山育ちで培った生活の知恵、何事にも揺るがない芯の通った性格、そして独自の才能を生かし活躍することで、衛兵や宮女、皇帝からも一目置かれていくようになる――そんなシンデレラストーリーとなっております。

更に暗躍する妖魔という存在に、そんな妖魔を狩る退魔士を絡ませ、ミステリー＋バトル要素も取り入れました。

言い表すなら、中華後宮冒険活劇！　女性向け少年漫画！　……とでも表現すればよろしいでしょうか。

面白く仕上がっていたなら、嬉《うれ》しいです。


では、最後になりますが謝辞を！

本作を拾い上げ、書籍化していただいた担当編集様及び、オーバーラップ編集部の皆様！

素敵なイラストを手掛けていただきました、イラストレーター花邑《はなむら》まい様！

大変な世の中、本作を店頭に並べていただきます全国の書店様！

そして、今こうして本作を手に取り、お読みいただいている読者の皆様！

本当に、本当にありがとうございました！

ここまでお付き合いいただき、感謝、感謝です！

それでは、また出会える日を夢見て！

KK

作品のご感想、
ファンレターを
お待ちしています

あて先

〒141-0031　東京都品川区西五反田 8-1-5 五反田光和ビル4階
オーバーラップ編集部
「ＫＫ」先生係／「花邑まい」先生係

スマホ、PCからWEBアンケートにご協力ください

アンケートにご協力いただいた方には、下記スペシャルコンテンツをプレゼントします。
★本書イラストの「無料壁紙」　★毎月10名様に抽選で「図書カード（1000円分）」

公式HPもしくは左記の二次元バーコードまたはURLよりアクセスしてください。
▶ **https://over-lap.co.jp/865549850**
※スマートフォンとPCからのアクセスにのみ対応しております。
※サイトへのアクセスや登録時に発生する通信費等はご負担ください。

オーバーラップノベルスｆ公式HP ▶ **https://over-lap.co.jp/lnv/**

OVERLAP NOVELS f

後宮の雑用姫

～山育ちの知恵を駆使して宮廷をリフォームしたり、邪悪なものを狩ったりしていたら、何故か皇帝達から一目置かれるようになりました～1

発行　2021年8月25日　初版第一刷発行

著者　KK

イラスト　花邑まい

発行者　永田勝治

発行所　株式会社オーバーラップ
〒141-0031
東京都品川区西五反田8-1-5

校正・DTP　株式会社鷗来堂

印刷・製本　大日本印刷株式会社

©2021 KK
Printed in Japan

ISBN　978-4-86554-985-0 C0093

※本書の内容を無断で複製・複写・放送・データ配信などをすることは、固くお断り致します。

※乱丁本・落丁本はお取り替え致します。左記カスタマーサポートセンターまでご連絡ください。

※定価はカバーに表示してあります。

【オーバーラップ　カスタマーサポート】
電話　03-6219-0850
受付時間　10時～18時（土日祝日をのぞく）

第9回 オーバーラップ文庫大賞
原稿募集中！
イラスト：KeG
紡げ、魔法のような物語！
【賞金】
大賞…300万円
（3巻刊行確約＋コミカライズ確約）
金賞……100万円
（3巻刊行確約）
銀賞………30万円
（2巻刊行確約）
佳作………10万円
【締め切り】
第1ターン 2021年6月末日
第2ターン 2021年12月末日
各ターンの締め切り後4ヶ月以内に佳作を発表。通期で佳作に選出された作品の中から、「大賞」、「金賞」、「銀賞」を選出します。
投稿はオンラインで！ 結果も評価シートもサイトをチェック！
https://over-lap.co.jp/bunko/award/
〈オーバーラップ文庫大賞オンライン〉
※最新情報および応募詳細については上記サイトをご覧ください。
※紙での応募受付は行っておりません。